처음으로 만나는

이현세
그림

삼국지

⑤ 천하 통일

녹색지팡이

제갈량

유비의 삼고초려 끝에 세상에 나온다.
남보다 앞서는 꾀와 작전으로
주유가 적벽에서 조조의 대군과
싸우게 만들고, 촉나라가
세워진 뒤 승상이 된다.

장비

성격이 불같고 술버릇이 고약하지
의리는 한결같다. 장팔사모를 잘 ⟨
관우만큼 무예가 뛰어나다.

관우

팔십 근이나 되는 청룡도를 잘 다루고
무예가 뛰어나다. 성격 또한 사려 깊어서
조조가 무척 탐내는 장수다. 유비, 장비의
의형제로 죽을 때까지 의리를 저버리지
않는다.

유비

한나라 황제의 먼 친척으로 관우, 장비와 의형제를
맺고 황건적을 물리친다. 마음이 어질어 백성이 늘
따른다. 제갈량을 만나 힘을 키워 촉나라를 세운 뒤
황제의 자리에 오른다.

여포

양아버지 정원을 죽이고
동탁 밑에 들어간다.
무예가 뛰어나지만
눈앞의 이익에만
매달려 믿음과 의리를
자주 저버린다.

주유

손권의 유능한 장수로서
강동의 군사를 총지휘한다.
적벽대전에서 제갈량과
함께 조조를 물리쳐
큰 공을 세운다.

손권

손견의 둘째아들로
성격이 너그럽고 주유,
노숙, 육손 등 아랫사람의
말을 귀담아 잘 듣는다.
유비, 조조와 함께 천하를
셋으로 나누고 오나라의
황제가 된다.

조조

상황 판단이 빠르고, 휘하에 뛰어난 장수와 참모가 많다.
원소, 여포 같은 호걸들을 물리치며 어지러운
한나라에서 가장 먼저 세력을 키운다.

조운 | 유비의 아들을 두 번이나 구하는 촉의 충성스런 장수

황충 | 촉의 오호대장군. 활을 잘 쏘기로 유명하다.

마초 | 충신 마등의 큰아들. 촉의 오호대장군이 된다.

방통 | 적벽대전에서 연환계로 조조를 패배시킨 지략가

위연 | 촉의 장수. 제갈량이 죽은 뒤 배신을 꾀한다.

유선 | 유비의 아들. 촉을 멸망의 길로 이끄는 장본인

강유 | 제갈량의 수제자. 제갈량이 죽자 촉의 대장군이 된다.

하후돈 | 조조가 아끼는 장수. 싸움에서 한 쪽 눈을 잃는다.

장요 | 여포의 부하였으나 여포가 죽자 조조의 편이 된다.

사마의 | 위나라의 참모. 제갈량의 라이벌이다.

등애 | 위나라의 명장. 촉의 강유와 대립한다.

손견 | 손권과 손책의 아버지. '강동의 호랑이'로 불린다.

노숙 | 손권이 스승처럼 따르는 오나라의 참모

동탁 | 어린 황제를 죽이고 조정을 장악하는 간신

원술 | 원소의 동생으로 모든 일에 욕심이 많다.

차 례

유비는 한나라를 다시 일으키지 못하고
안타깝게 세상을 떠나고 말았습니다.
제갈량은 유비의 뜻을 받들어 위나라와 맞서지만
꾀 많은 사마의 때문에 번번이 실패하는데……

다시 위나라로

촉나라 한중성에서 슬픈 울음소리가 흘러나왔습니다. 대장군 조운이 병을 앓다가 세상을 떠난 것입니다.

"자룡이 세상을 떠났으니 기둥이 하나 없어졌구나."

제갈량은 눈물을 흘리며 슬퍼했습니다. 이 소식을 들은 황제 유선도 목 놓아 울었습니다.

"나를 두 번이나 살려 준 조장군이 죽다니……."

이제 조운의 용맹한 모습을 두 번 다시 볼 수 없게 되었습니다.

제갈량은 슬픔에 잠겨 있다가 벌떡 일어났습니다.

"이러다가 나머지 장군들마저 세상을 떠난다면 누가 한 나라를 통일시킨단 말이냐?"

제갈량은 밖으로 나가 성안 이곳저곳을 둘러보았습니다. 병사들은 한창 훈련에 열중하고 있었습니다. 창고에는 군량과 무기들이 가득했습니다.

'한나라가 망한 지도 십 년이 흘렀구나. 그런데 아직도 돌아가신 폐하의 뜻을 이루지 못했으니…….'

제갈량은 다시 위나라와 싸우기로 마음먹고 성도에 있는 유선에게 글을 올렸습니다. 두 번째 출사표였습니다. 제갈량은 장수와 병사들을 불러 모았습니다.

"우리는 다시 위나라를 물리치러 간다. 지난번처럼 위수를 건너 위나라 서쪽 땅부터 차지할 것이다."

제갈량은 위연을 앞세우고 북쪽으로 힘차게 떠났습니다. 제갈량은 진창성부터 시작하여 위나라 서쪽 땅을 빼앗고 장안으로 나아갈 생각이었습니다. 진창성은 위나라 장수 학소가 지키고 있었습니다.

학소는 제갈량이 쳐들어오자 성벽 바깥을 빙 둘러 깊은 도랑을 팠습니다. 도랑에는 물을 채워 사람이 오지 못하게 했습니다. 또 성벽 위에는 뾰족하게 깎은 나무를 겹겹이

둘러 세웠습니다.

"제아무리 공명이라도 절대 들어오지 못할 것이다."

학소는 자신감이 넘쳤습니다.

얼마 뒤 위연이 진창성을 포위했습니다. 위연이 매일 싸움을 걸었지만 학소는 오로지 성만 굳게 지켰습니다. 그렇게 며칠이 지나자 제갈량도 지쳤습니다.

그때 위나라의 대장군 조진이 학소를 도우려고 군사를 이끌고 나타났습니다. 조진은 무예가 뛰어난 왕쌍을 보내서 제갈량을 공격했습니다. 왕쌍은 커다란 칼을 쓰고, 별모양으로 생긴 표창도 잘 던졌습니다.

촉나라 군사는 왕쌍에게 크게 지고 물러났습니다. 제갈량은 깜짝 놀랐습니다. 그러자 강유가 말했습니다.

"제가 거짓 편지 한 장으로 조진을 속여 보겠습니다."

제갈량은 선뜻 허락했습니다.

원래 강유는 위나라 사람입니다. 강유는 조진에게 편지를 보내서 오늘 밤 촉나라 군사의 군량에 불을 지를 테니 그것을 신호로 공격하라고 했습니다.

조진은 강유의 편지를 받고 무척 기뻐했습니다.

"강유는 본디 우리 장수다. 강유를 이용해 제갈공명을

붙잡을 수 있겠구나."

조진은 조금도 의심하지 않고 비요라는 장수에게 군사를 주어 싸우러 보냈습니다. 밤이 되자 촉나라의 진지에서 불길이 치솟았습니다.

"강유의 신호다. 어서 적을 공격하라!"

비요는 앞장서서 촉나라의 진지로 달려들었습니다. 하지만 제갈량의 진지는 텅 비어 있었습니다.

"아차, 우리가 속았다."

비요가 말을 돌리자 어둠 속에서 북소리와 함성이 울리며 화살과 돌이 마구 날아왔습니다. 위나라 군사는 비명을 지르며 나뒹굴었고, 비요도 목숨을 잃었습니다. 강유가 촉나라 사람이 되어 거둔 첫 승리였습니다.

제갈량은 강유의 승리 소식을 듣고 몹시 기뻐했습니다.

"이제 기산으로 가서 위나라 땅으로 들어갈 것이다."

기산은 위나라의 서쪽으로 들어가는 길목입니다. 제갈량은 위연에게 진창에 남아서 왕쌍을 막게 했습니다.

한편 강유에게 패한 조진은 낙양에 도움을 청했습니다. 위나라 황제 조예는 서둘러 사마의를 불렀습니다.

"제갈공명이 기산으로 쳐들어온다고 하오."

"폐하께서는 조금도 염려하지 마십시오."

"적이 우리 땅에 쳐들어오는데 어찌 염려하지 않겠소?"

"기산은 길이 험해서 군량을 운반하기가 어렵습니다. 가만히 앉아서 지키기만 하면, 적은 한 달 안에 양식이 떨어져 그냥 물러갈 것입니다. 그때 뒤쫓아 무찌르면 됩니다."

사마의는 조진에게 적과 싸우지 말고 오로지 성과 진지를 지키라고 일렀습니다.

사마의의 말대로 촉나라 군사는 적과 싸우지도 못하고 양식만 축내면서 점점 지쳐 갔습니다. 제갈량은 근심에 빠졌습니다.

"이것 참 큰일이구나. 양식이 곧 떨어지게 생겼다."

이때 조진은 슬그머니 욕심이 생겼습니다.

'이 기회에 공명을 물리쳐서 큰 공을 세워 볼까?'

조진은 수레에 마른 나무를 가득 싣고 그 위에 마른 풀을 넣은 가마니를 올렸습니다. 그러자 그것은 꼭 군량을 실은 수레로 보였습니다. 조진은 부하 손예를 불렀습니다.

"적은 지금 양식이 부족하다. 이 수레를 끌고 나가면 촉나라 군사는 군량인 줄 알고 빼앗으려고 덤빌 것이다. 그러면 너는 숨어 있다가 적을 공격해라."

손예는 가짜 군량 수레를 이끌고 나갔습니다. 제갈량이 이것을 보고 웃었습니다.

"조진이 감히 나를 속이려고 하는구나."

제갈량은 껄껄 웃으며 장수들에게 명령을 내렸습니다.

손예는 언덕 위에 수레를 세워 두고, 숨어서 촉나라 군사가 나타나기를 기다렸습니다.

얼마 뒤 마대가 이끄는 촉나라 군사가 나타나 수레에 불을 질렀습니다. 마침 서쪽에서 불어오는 바람을 타고 수레 위로 불길이 치솟았습니다.

"불이 일어났다. 지금 적을 덮쳐라!"

손예가 소리치며 불타고 있는 수레로 달려들었습니다. 그런데 수레 주위에는 개미 한 마리 보이지 않았습니다.

그때 뒤에서 북소리가 둥둥 울렸습니다. 조금 전에 수레에 불을 지른 마대의 군사가 달려들었습니다.

"이놈들아, 너희가 감히 우리 승상을 속이려 하느냐?"

손예의 위나라 군사는 앞뒤로 포위당해 크게 졌습니다. 겨우 몇 사람만 살아서 도망쳤습니다.

마대가 이끄는 촉나라 군사는 큰 승리를 거두고 돌아갔습니다. 그런데 마대가 도착하자 제갈량이 소리쳤습니다.

"이제 우리는 모두 한중으로 돌아간다!"

"우리가 이겼는데 돌아가다니요?"

"우리는 양식이 없소. 적이 우리가 두려워 뒤쫓지 못할 때 돌아가야 하오."

이날 밤, 제갈량은 군사를 이끌고 몰래 한중으로 향했습니다. 진창에 있던 위연에게도 따로 명령을 내렸습니다. 조진은 이틀 뒤에야 제갈량이 떠난 것을 알았습니다.

"또 속았구나. 진창에 있는 위연이라도 사로잡아야겠다."

조진은 진창을 지키는 왕쌍을 시켜서 위연을 뒤쫓게 했습니다. 왕쌍은 군사를 몰아 위연을 뒤쫓았습니다. 그런데 한 병사가 외쳤습니다.

"우리 진지에서 불길이 일고 있습니다."

왕쌍이 뒤돌아보니 진지에서 시커먼 연기가 치솟고 있었습니다. 왕쌍은 서둘러 말을 돌려 진지로 달렸습니다. 막 언덕을 오르는데 숲에서 한 장수가 바람처럼 달려 나왔습니다.

"왕쌍아, 위연이 여기 있다!"

위연의 고함 소리와 함께 칼이 번쩍 하늘을 갈랐습니다. 왕쌍은 미처 칼을 들지도 못하고 말에서 떨어졌습니다.

위나라 군사는 사방으로 흩어져 버렸습니다.

"하하하, 역시 승상 말씀이 맞구나."

위연은 병사들과 함께 숲 속에 숨어 있었습니다. 그리고 왕쌍이 싸우러 나간 뒤 위나라 진지에 불을 질러서 왕쌍을 물리친 것입니다.

이렇게 제갈량과 촉나라 군사는 무사히 한중으로 되돌아갔습니다. 그러나 제갈량의 마음은 무겁기만 했습니다.

"돌아가신 폐하의 뜻을 이루기가 이토록 어렵구나!"

제갈량은 하늘을 우러러보며 한숨을 내쉬었습니다.

제갈량이 물러가자 조진도 낙양으로 돌아갔습니다. 제갈량은 두 번째 싸움에서도 뜻을 이루지 못하고 말았습니다. 제갈량은 군사를 훈련시키며 다시 새로운 싸움을 준비했습니다.

촉나라와 위나라가 싸우는 동안 오나라는 평화로웠습니다. 오나라 왕 손권은 그 틈을 타서 스스로 황제가 되었습니다. 이제 중국 땅에는 세 나라와 세 황제가 있게 되었습니다.

손권은 고옹이라는 신하를 승상으로, 육손을 대도독으로 삼았습니다. 그리고 촉나라에 사람을 보냈습니다.

“위나라를 이길 때까지 서로 형제처럼 지내자고 하여라.”

제갈량은 이 말을 전해 듣고 크게 기뻐하며 신하를 보냈습니다.

“그럼 당신네 황제께 위나라와 싸우라고 하시오.”

손권은 위나라와 싸우고 싶지 않았습니다. 촉나라와 위나라의 싸움을 구경하다 이익을 얻을 생각이었습니다.

하지만 제갈량은 유비의 유언대로 위나라를 물리칠 생각밖에 없었습니다. 마침 위나라 진창성을 지키던 학소가 병이 들었다는 소식이 들려왔습니다.

“학소가 아프다니 진창성을 빼앗을 다시없는 기회다.”

진창성을 빼앗으면 군량을 나르기가 수월해져서 적과 싸우기가 쉽기 때문입니다. 제갈량이 이끄는 촉나라 군사는 밤을 새워 진창성으로 달렸습니다. 진창성에 이르렀을 때 학소는 막 세상을 떠난 뒤였습니다.

촉나라 군사는 진창성의 네 성문에 불을 질렀습니다. 그러고는 물밀 듯이 들이닥쳐 쉽사리 성을 차지했습니다.

“우리는 다시 기산으로 간다. 이번에는 기필코 이겨야 한다.”

제갈량은 기산으로 가서 진지를 세웠습니다.

유선이 승리의 소식을 듣고 제갈량에게 다시 승상 벼슬을 내렸습니다. 제갈량은 크게 기뻐했습니다.

"폐하께서 내게 힘을 주시는구나. 이제 사마의가 싸우러 올 때까지 쉬면서 기다리자."

막 무더운 여름이 시작되고 있었습니다. 제갈량의 생각대로 사마의가 기산 가까이 진지를 세웠습니다.

"가만있다가 공명이 지쳐서 돌아갈 때 뒤를 공격한다."

사마의의 작전은 지난번과 같았습니다. 사마의는 십만 군사에게 진지만 지키게 했습니다. 제갈량이 위연을 보내 싸움을 걸어도 상대해 주지 않았습니다.

제갈량이 기다리다 지쳐서 장수들을 불러 모았습니다.

"그만 돌아가야겠으니 오늘 밤 삼십 리를 물러나 진지를 세우시오."

장수들은 고개를 갸웃거리며 제갈량이 시킨 대로 했습니다. 다음 날, 사마의가 이 소식을 들었습니다.

"흥, 공명이 나를 꾀어내려고 속임수를 쓰는군."

사마의는 제갈량을 비웃으며 뒤쫓지 않았습니다. 그런데 촉나라 군사가 다시 삼십 리 밖으로 물러갔습니다. 그 다음 날도 마찬가지였습니다.

보다 못한 장합이 사마의에게 말했습니다.

"저러다 공명이 한중까지 가겠습니다. 제가 가서 싸워 보겠습니다."

"안 되오. 공명이 군사를 숨겨 두었을 것이오."

"이기지 못하면 기꺼이 목숨을 바치겠습니다."

"그럼 장군이 먼저 가시오. 내가 뒤따라가서 돕겠소."

장합이 군사를 이끌고 달려가 보니 촉나라 군사는 벌써 수십 리나 물러가 있었습니다. 장합은 쉬지 않고 달렸습니다. 한여름이라 병사들은 모두 땀을 뻘뻘 흘렸습니다.

장합은 잠시 쉬었다 가기로 했습니다. 그때 갑자기 고함 소리가 일어나며 숲 속에서 촉나라 군사가 몰려나왔습니다. 바로 장포와 관흥이었습니다.

"사마 장군의 말씀이 옳았구나. 하지만 물러설 수는 없다. 병사들은 죽기를 각오하고 싸우자!"

그런데 촉나라 군사는 사방에서 덤벼들다가 갑자기 흩어지기 시작했습니다. 사마의가 군사를 이끌고 나타나 촉나라 군사의 뒤를 공격한 것입니다.

거꾸로 촉나라 군사가 포위되고 말았습니다. 제갈량이 산 위에서 내려다보고 강유와 요화를 급히 불렀습니다.

"비어 있는 중달의 진지로 쳐들어갔다가 중달이 오거든 그냥 돌아오시오."

강유와 요화가 서둘러 달려갔습니다.

얼마 뒤 사마의가 한창 싸우고 있는데 한 병사가 달려와 적이 진지로 쳐들어왔다고 전했습니다.

"뭐야? 진지를 빼앗기면 안 된다. 어서 돌아가자."

사마의는 어쩔 수 없이 군사를 되돌려 진지로 달아났습니다. 촉나라 군사가 그 뒤를 바짝 쫓았습니다. 사마의가 진지에 이르렀지만 이미 수많은 병사가 죽은 뒤였습니다. 사마의가 장수들을 꾸짖었습니다.

"앞으로 공명과 싸우자고 하는 사람은 목을 베겠다."

그러자 장합은 부끄러워 입을 다물었습니다.

한편, 제갈량은 사마의를 크게 이겼지만 몹시 슬픈 일이 생겼습니다. 장포가 크게 다친 것입니다. 장포는 적과 싸우다가 그만 산길에서 굴러 떨어져 머리를 크게 다쳤습니다. 제갈량은 장포를 치료하려고 서둘러 성도로 보냈지만 장포는 결국 세상을 떠나고 말았습니다.

"장포가 죽다니……. 내가 한 팔을 잃었구나!"

제갈량은 며칠 동안 시름시름 앓았습니다.

기운을 되찾은 제갈량은 다시 장수들을 불렀습니다.

"그만 한중으로 돌아가야겠소. 조용히 물러가야 하오."

그날 밤, 촉나라 군사는 몰래 한중으로 돌아갔습니다.

'세 번째 싸움도 물거품이 되고 말았구나!'

제갈량은 뜨거운 눈물을 흘렸습니다. 사마의는 제갈량이 물러간 것을 나중에야 알고 안타까워했습니다.

어느덧 여름이 가고 서늘한 가을바람이 불어왔습니다. 사마의는 울긋불긋 물들어 가는 산을 바라보았습니다.

'하늘은 높고 말이 살찌는 계절이 왔구나. 지금이 바로 촉나라를 무찌를 때다.'

사마의는 조진과 함께 사십만 대군을 이끌고 진창성으로 떠났습니다.

이 소식을 들은 한중의 제갈량은 조금도 놀라지 않고 장의와 왕평을 불렀습니다.

"두 사람은 병사 천 명씩 데리고 가서 적을 막아라."

두 장수가 눈을 크게 뜨며 놀랐습니다.

"겨우 이천 명으로 사십만 대군을 막으라니요? 차라리 여기서 죽여 주십시오."

"허허, 아무 걱정 마라. 두 사람은 진창성을 불태우고

22

산속에 숨어서 적을 살펴라. 곧 많은 비가 내려서 적이 움직이지 못하게 될 것이다."

제갈량은 오래전부터 하늘을 보고 장마가 시작될 것을 짐작하고 있었습니다.

장의와 왕평은 진창성을 모조리 불태우고 산속에 숨었습니다. 그동안 제갈량은 병사들을 편히 쉬게 했습니다.

"그저 편히 쉬기만 해라. 곧 크게 승리할 것이다."

얼마 뒤 위나라의 사십만 대군이 진창성에 이르렀습니다. 성은 이미 불타서 집이라고는 한 채도 보이지 않았습니다. 사마의는 약이 바짝 올랐습니다.

"어서 풀을 엮어서 움막을 지어라. 이곳에서 잠시 쉬고 난 뒤 한중으로 쳐들어가야겠다."

곧 성안에 작은 풀집들이 들어섰습니다. 그런데 다음 날부터 큰비가 내리기 시작했습니다. 비는 한 달이 넘도록 계속되었습니다.

먹이를 먹지 못한 말들은 굶어 죽었고, 무기는 물에 젖어 녹이 슬었습니다. 군량도 떨어져 굶는 날이 많았습니다. 위나라 병사들은 대장을 원망하기 시작했습니다. 사마의는 하늘을 쳐다보며 한숨을 내쉬었습니다.

진창성 안은 온통 흙탕물로 가득 찼습니다. 허술하게 지은 풀집은 비에 젖어 쓰러졌고, 병사들은 배고파서 지칠 대로 지쳤습니다. 마침내 조진과 사마의는 낙양으로 돌아가기로 결심했습니다. 조진이 근심스레 물었습니다.

"우리가 떠나면 공명이 우리 뒤를 공격하지 않겠소?"

그러자 사마의는 군사를 나누어서 일부는 뒤에 숨겨 두기로 했습니다.

위나라 군사가 떠났는데 제갈량은 한중에서 쉬고만 있었습니다. 그러자 하루는 위연이 찾아왔습니다.

"왜 적을 뒤쫓지 않으십니까?"

"중달은 분명히 군사를 숨겨 두었을 것이오. 함부로 뒤쫓다가는 우리가 오히려 지게 되오."

"그럼 적이 그냥 가도록 내버려 둔단 말씀입니까?"

"장군은 아직도 힘만 믿소? 적이 마음을 놓고 있을 때 우리는 기산으로 나아가야 하오."

"왜 또 기산입니까? 나라면 곧장 장안을 빼앗겠습니다."

"일에는 다 순서가 있는 법이오. 기산을 빼앗아야 마음 놓고 위나라와 싸울 수 있소."

위연은 제갈량이 참을성 있게 적을 속이고 있는 줄은 전혀 몰랐습니다.

어느새 가을장마도 그쳤습니다. 사마의는 군사를 숨겨
두고 촉나라 군사를 기다렸습니다. 그런데 아무리 기다려
도 촉나라 군사는 위나라 군사를 뒤쫓지 않았습니다.

위나라 병사들은 슬슬 지치기 시작했습니다. 조진도 그
만 돌아가자고 말했습니다. 그러나 사마의는 고개를 저었
습니다.

"적은 반드시 두 길로 나누어 기산으로 올 것입니다."

"그걸 어떻게 아시오?"

"열흘 안에 적이 오지 않으면 어떤 벌도 받겠습니다."

"만약 적이 오면 폐하께 받은 허리띠와 말을 드리겠소."

"그럼 앞으로 열흘 동안 기산으로 오는 두 길을 하나씩
나누어 맡도록 하지요."

두 사람은 이렇게 내기를 하고 길목을 하나씩 맡았습니
다. 그런데 사마의의 병사들이 불평하기 시작했습니다.

"적은 안 오는데 집에도 못 가다니. 사마 장군은 너무 심
해."

사마의가 이 소리를 듣고 병사들을 불러 모았습니다. 사
마의는 맨 먼저 불평한 병사를 잡아냈습니다.

"저놈이 감히 명령을 비웃었으니 당장 목을 베어라!"

부하들이 병사를 끌고 가자 사마의는 다시 외쳤습니다.

"적은 분명히 온다. 이제부터 불평하는 자는 모조리 목을 베겠다."

위나라 병사들은 더 이상 불평하지 못했습니다.

한편 한중의 제갈량은 장수들을 불러 모았습니다.

"이제 군사를 두 길로 나누어 기산으로 떠나시오. 한쪽은 위연 장군이 맡고 다른 쪽은 마대 장군이 맡으시오. 분명히 적이 숨어 있을 것이니 낮에는 숨고 밤에만 길을 가야 하오. 꼭 명심하시오."

"승상의 말씀대로 따르겠습니다."

제갈량은 한 번 더 당부하고 두 장수를 떠나보냈습니다. 위연은 진식과 장의를, 마대는 관흥과 요화를 데리고 갔습니다.

위연이 한쪽 길로 접어들자 진식이 투덜거렸습니다.

"승상께서는 적이 물러갔는데도 너무 겁을 내십니다. 제가 마대 장군보다 먼저 기산에 도착하겠습니다."

"내 생각도 같소. 원한다면 그대가 앞장서시오."

위연은 제갈량의 당부를 무시하고는 진식을 앞세워서

낮이고 밤이고 달렸습니다.

앞장선 진식이 어느 골짜기에 이르렀을 때였습니다. 갑자기 숲 속에서 위나라 군사가 달려 나왔습니다. 바로 사마의가 거느린 군사였습니다.

진식과 부하들은 골짜기 안에 꼼짝없이 갇히고 말았습니다. 진식이 힘껏 싸웠지만 도무지 적의 포위를 뚫을 수가 없었습니다. 병사 수천 명이 어이없이 목숨을 잃고 말았습니다.

마침 뒤따르던 위연이 달려와서 진식을 구했습니다. 위연과 진식은 오던 길로 다시 도망쳤습니다.

한편 다른 쪽 길로 가던 마대는 제갈량이 시킨 대로 했습니다. 낮에는 숲 속에 숨고, 밤에만 몰래 산길을 타고 길을 갔습니다.

마대가 가는 길은 조진이 지키는 길이었습니다. 조진은 이때 진지에서 쉬고 있었습니다.

'촉나라 군사는 오지 않는다. 가만히 앉아서 열흘만 쉬면 내가 내기에서 이긴다.'

조진이 병사들을 편히 쉬게 하자 병사들도 몹시 좋아했습니다.

마대의 군사는 어느새 조진의 진지 가까이에 이르렀습니다. 마대는 관흥과 요화를 불렀습니다.

"승상의 말씀이 옳았소. 적이 마음 놓고 있으니 포위하여 공격합시다."

세 사람은 병사들을 나누어 조진의 진지를 에워싸고 마구 공격했습니다. 위나라 병사들은 무기를 들 틈도 없었습니다. 조진은 갑옷도 못 입고 안장도 없이 말을 타고 달아났습니다. 마대가 조진을 뒤쫓았습니다.

조진이 정신없이 도망치는데 앞에서 한 떼의 군사가 달려왔습니다. 다행히도 사마의가 이끄는 군사였습니다. 사마의는 놀란 조진을 위로했습니다.

"내기는 잊으십시오. 먼저 힘을 합쳐 적을 물리쳐야 합니다."

조진은 부끄러워 어찌할 줄을 몰랐습니다.

위나라 군사는 위수 강가로 물러나 진지를 새로 세웠습니다. 그런데 조진이 시름시름 앓기 시작했습니다. 늙은 조진은 싸움에 진 게 너무 부끄럽고 분한 나머지 마음의 병이 생긴 것입니다.

쉽게 오지 않는 승리

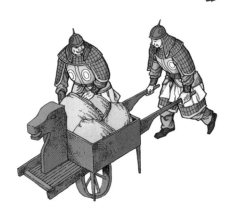

마대의 군사는 조진을 물리치고 기산에 진지를 세웠습니다. 제갈량은 마대를 크게 칭찬했습니다.

"마장군, 참으로 애썼소."

그때 위연과 진식이 싸움에 지고 와서 제갈량 앞에 엎드렸습니다. 제갈량이 눈을 부릅뜨고 물었습니다.

"누가 내 명령을 어겨서 병사들을 죽게 했느냐?"

위연이 얼른 대답했습니다.

"진식이 먼저 그랬습니다."

"위연 장군이 제가 앞장서도 좋다고 했습니다."

두 사람이 서로 죄를 미루자 제갈량이 소리쳤습니다.

"군대의 법은 용서가 없다. 진식이 먼저 그랬다니 마땅히 벌을 받아라!"

제갈량은 진식을 끌어내 목을 베게 했습니다.

'위연은 용맹하지만 자신의 잘못을 남에게 미루고 자기 힘만 믿는 어리석은 사람이다. 하지만 지금껏 나라를 위해 애썼으니 한 번만 용서해 주자.'

그러나 위연은 이 일로 제갈량에게 원한을 품었습니다.

'내 부하를 함부로 죽이다니. 어디 두고 보자.'

제갈량은 기산의 진지에 머물면서 적을 살폈습니다. 그러다 조진이 병으로 몸져누웠다는 소식을 들었습니다.

"조진이 울화병에 걸렸으니 혼을 내 줘야겠다."

제갈량은 조진에게 편지 한 통을 보냈습니다. 싸움터에서 혼자 도망친 조진을 겁쟁이라고 비웃는 내용의 편지였습니다.

편지를 읽은 조진의 얼굴이 흙빛으로 변했습니다.

"이, 이놈이 감히……."

그날 밤, 조진은 끝내 숨이 막혀서 죽었습니다. 이 소식을 들은 제갈량이 하늘을 보며 말했습니다.

"조진은 진짜 겁쟁이로군. 하늘이 우리를 돕는구나."

제갈량은 강유와 관흥을 불렀습니다.

"내가 앞에서 공격할 테니 두 사람은 뒤에서 공격하시오."

제갈량은 군사를 이끌고 위나라 진지로 쳐들어갔습니다. 사마의가 맞서 나왔지만 대장을 잃은 위나라 병사들은 겁에 질려 있었습니다.

"중달아, 너는 포위되었다!"

촉나라 군사가 앞뒤로 벌 떼처럼 달려들었습니다. 사마의는 크게 지고 멀리 달아났습니다. 그러나 제갈량은 더 이상 뒤쫓지 못했습니다. 싸움에는 크게 이겼지만 군량이 떨어져 가고 있었기 때문입니다.

"성도에서 보내 주기로 한 군량이 왜 오지 않느냐? 이러다 모조리 굶어 죽게 생겼구나."

며칠이 지나도 군량은 오지 않았습니다. 제갈량은 다 이긴 싸움을 그만두고 기산의 진지로 돌아갔습니다.

군량은 약속한 날보다 열흘이 지나서야 도착했습니다. 군량을 운반하는 장수 구안이 오는 길에 여러 번 술을 먹다가 늦은 것입니다.

제갈량은 몹시 화가 나서 구안에게 곤장 팔십 대를 때리게 했습니다. 그런데도 구안은 조금도 잘못을 뉘우치지 않았습니다.

'내가 얼마나 애를 썼는데 곤장을 때려?'

구안은 그날 밤 사마의에게 가서 항복해 버렸습니다. 사마의는 무릎을 치며 좋아했습니다.

이튿날 아침, 사마의가 구안을 불러 말했습니다.

"너는 성도로 돌아가서 공명이 힘을 길러 황제가 되려고 한다는 소문을 퍼뜨려라. 내가 시키는 대로 하면 벼슬을 주겠다."

구안은 부리나케 촉나라의 성도로 돌아갔습니다. 얼마 뒤 성도에 헛소문이 나돌았습니다.

"공명이 황제가 되려고 한대. 그래서 한중에서 군사를 기른다는 거야."

"정말? 공명은 훌륭한 분인데 그럴 리가 없어."

"그건 모르지. 군사를 수십만이나 거느리고 있잖아."

이 소문은 황제 유선의 귀에까지 들어갔습니다. 겁 많은 유선은 제갈량에게 성도로 돌아오라고 했습니다.

'폐하께서 무슨 일로 부르실까? 한 번만 싸우면 사마의를 물리칠 수 있는데……'

승리가 눈앞에 있었습니다. 마침 위나라 군사는 굶주려서 매우 지쳐 있었습니다. 하지만 황제의 명령을 어길 수는 없었습니다.

"폐하께서 부르시니 가지 않을 수 없지."

제갈량이 힘없이 말하자 곁에 있던 강유가 말했습니다.

"우리가 돌아가면 사마의가 반드시 뒤쫓을 것입니다."

"맞소. 군사를 다섯 무리로 나누어 하루에 한 무리씩 한 중으로 떠나시오. 그 대신 밥 짓는 부뚜막을 매일 두 배씩 늘리시오."

강유는 제갈량의 뜻을 알아채고 미소를 지었습니다. 다음 날부터 촉나라 군사는 한 무리씩 한중으로 떠났습니다. 그리고 남은 병사들은 부뚜막을 두 배씩 늘렸습니다.

"자, 이제 공명이 물러가겠군."

사마의는 병사를 시켜 제갈량의 진지를 살폈습니다.

"촉나라 군사는 이미 떠나고 없습니다."

"그래? 속임수가 아닌지 내 눈으로 직접 봐야겠다."

사마의는 선뜻 믿어지지 않아서 군사를 거느리고 나갔습니다. 생각대로 촉나라의 진지는 텅 비어 있었습니다.

"부뚜막을 세어 두어라. 촉나라 군사가 정말로 줄어드는

지 정확히 살펴봐야겠다."

촉나라 군사의 또 한 무리가 한중으로 떠났습니다. 사마의는 이번에도 부뚜막을 세게 했습니다.

"부뚜막이 어제보다 두 배로 늘어났습니다."

"공명이 떠난다면서 오히려 군사를 늘리고 있구나."

사마의는 잔뜩 의심이 들었습니다. 그런데 다음 날도 촉나라 군사의 부뚜막이 전날보다 두 배나 늘어났습니다.

"공명이 속임수를 쓰는 모양이다. 어서 돌아가는 게 좋겠다."

사마의는 곧 군사를 이끌고 물러났습니다. 이렇게 제갈량의 부뚜막 작전으로 촉나라 군사는 무사히 한중으로 돌아갔습니다.

한편 제갈량은 한중성으로 돌아와 서둘러 성도로 갔습니다. 제갈량은 유선을 만나 물었습니다.

"폐하, 무슨 일로 부르셨습니까?"

유선은 할 말이 없어 얼버무리며 겨우 대꾸했습니다.

"승상이 보고 싶어 불렀습니다."

"저는 폐하와 나라를 위해 일하고 있습니다. 누군가 저와 폐하를 갈라 놓으려고 헛소문을 퍼뜨린 듯합니다."

제갈량은 몹시 괴로워하며 신하들에게 말했습니다.

"성도에 헛소문을 퍼뜨린 자를 잡아내시오."

얼마 뒤 구안의 짓임이 밝혀졌습니다.

"배신자 하나 때문에 네 번째 싸움도 실패하고 말았구나. 헛소문에 속아 나랏일을 망치다니 정말 원통하다!"

제갈량은 너무나 안타까워했습니다.

"그래도 나는 포기하지 않겠소. 반드시 돌아가신 폐하의 뜻을 이루고야 말겠소."

제갈량은 단호하게 말하며 한중으로 돌아갔습니다.

어느덧 긴 겨울이 지나고 봄이 찾아왔습니다. 언 땅이 녹고 산과 들에는 푸른 새싹이 돋아났습니다. 제갈량은 다시 위나라와 싸울 일을 생각했습니다.

'다시는 군량 때문에 돌아오는 일이 없어야겠다.'

제갈량은 이엄이라는 장군을 한중으로 불렀습니다. 이엄은 오래전부터 군량 대주는 일을 도맡았습니다. 지난번에 배신한 구안도 이엄의 부하였습니다.

그런데 이엄은 구안이 제갈량에게 맞은 일을 분하게 생각하고 있었습니다. 그것을 모르는 제갈량은 이엄을 반기며 군량 일을 맡겼습니다.

"승상께서는 아무 염려 말고 떠나십시오."

이엄은 속마음을 숨기고 제갈량을 안심시켰지만 군량 모으는 일은 게을리했습니다.

제갈량은 다시 기산으로 나아가 위나라의 여러 성과 고을을 빼앗았습니다. 사마의도 장합과 함께 기산으로 떠났습니다.

제갈량은 기산에서 군량이 오기를 기다리고 있었습니다. 그런데 아무리 기다려도 군량이 오지 않았습니다. 어느 날, 군량은 안 오고 이엄의 심부름꾼이 왔습니다.

"지금 오나라가 위나라와 짜고서 우리 땅으로 쳐들어오려고 한답니다."

하지만 이것은 이엄이 꾸민 거짓말이었습니다. 군량을 다 마련하지 못한 데다 제갈량에게 원한을 품고 꾸민 일이었습니다.

제갈량은 소스라치게 놀라서 서둘러 돌아갈 준비를 했습니다. 하지만 사마의가 뒤쫓을 일이 걱정스러웠습니다. 제갈량은 위연과 관흥을 불렀습니다.

"두 사람은 적을 목문도 골짜기로 유인하시오."

그런 다음 마충을 불렀습니다.

"마충은 목문도에 숨어 있다가 적이 오거든 돌과 나무를 굴려 길을 막으시오."

명령을 다 내리고 제갈량은 한중으로 떠났습니다.

이튿날, 사마의가 촉나라 군사가 떠난 것을 알고도 뒤쫓지 않자 장합이 궁금해하며 물었습니다.

"적이 물러가는데 왜 뒤쫓지 않으십니까?"

"속임수가 있을지 모르니 함부로 뒤쫓으면 안 되오."

"왜 그리 겁이 많으십니까? 지난번에는 부뚜막에 놀라서 속지 않았습니까? 제가 가서 물리치고 오겠습니다."

"장군이 스스로 가겠다고 했으니 나중에 후회하지는 마시오."

장합은 날쌔게 달려 나가 촉나라 군사를 뒤쫓았습니다.

"장합아, 위연이 기다리고 있었다!"

숲 속에 있던 위연이 달려 나왔습니다. 그런데 장합이 창을 휘두르자 위연은 말을 돌려 도망쳤습니다. 장합은 신이 나서 뒤쫓았습니다. 그때 숲 속에서 관흥이 청룡도를 휘두르며 달려 나왔습니다.

"장합아, 내가 상대해 주마!"

두 장수는 칼을 맞부딪치며 싸웠습니다.

그런데 얼마 싸우지 않아 관흥도 말을 돌려 도망쳤습니다. 장합이 뒤쫓자 관흥은 금세 숲 속으로 달아났습니다.

이렇게 위연과 관흥이 몇 차례나 지면서 도망치자 장합은 신이 나서 마냥 뒤쫓기만 했습니다. 그러다 목문도라는 골짜기로 들어섰습니다.

어느새 날이 저물었습니다. 장합은 자꾸만 골짜기 안으로 들어갔습니다. 순간 절벽 위에서 커다란 바위와 나무들이 마구 굴러 떨어지더니 쇠화살까지 날아왔습니다. 장합은 그만 온몸에 화살을 맞고 쓰러졌습니다. 위나라 병사들은 허둥지둥 도망치기에 바빴습니다.

사마의가 이 소식을 듣고 눈물을 흘리며 슬퍼했습니다. 사마의는 슬픔에 잠긴 채 낙양으로 돌아갔습니다.

한중으로 돌아간 제갈량은 뒤늦게 이엄이 거짓말한 것을 알았습니다.

"왜 이리도 배신자들이 많은고……."

제갈량의 다섯 번째 싸움도 또다시 실패로 돌아갔습니다. 황제 유선은 이엄을 먼 시골로 내쫓아 버렸습니다.

제갈량은 오랜 싸움으로 몸과 마음이 쇠약해졌습니다. 그래서 삼 년간 한중에 머물며 힘을 기르기로 했습니다.

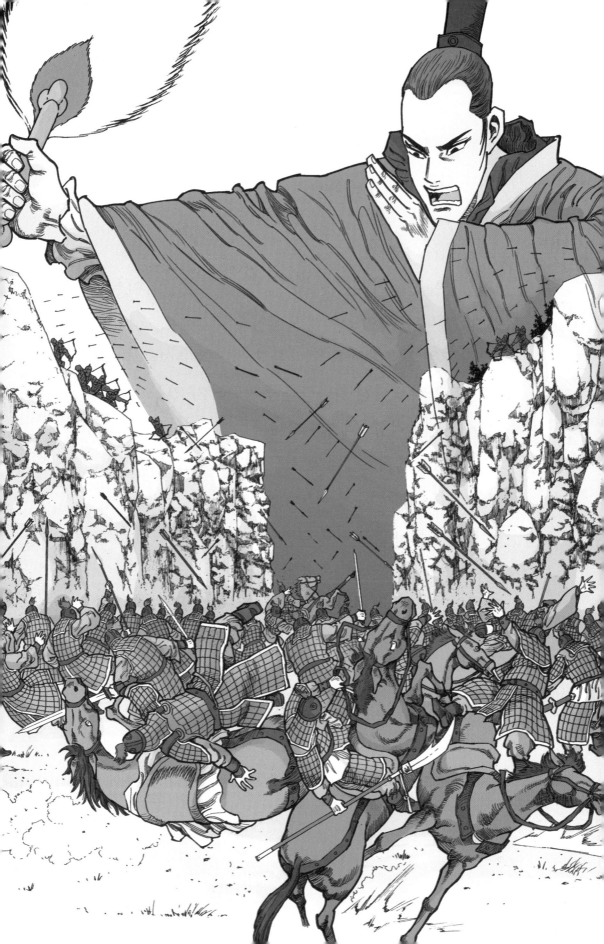

이때부터 삼 년 동안 세 나라는 자기 땅을 굳게 지키며 지냈습니다.

어느덧 삼 년이 지나고 새봄이 찾아왔습니다.

'어서 빨리 돌아가신 폐하의 뜻을 이루어야 할 텐데…….'

제갈량은 근심이 너무 많아 쉬는 동안 오히려 몸이 더 쇠약해졌습니다. 나이도 이제 오십이 넘었습니다.

제갈량은 쇠약해진 몸을 이끌고 성도의 유선을 찾아갔습니다. 그리고 다시 위나라를 무찌르러 가겠다고 말했습니다. 유선이 걱정스레 말했습니다.

"온 세상이 평화로운데 왜 자꾸 싸우려는 겁니까?"

곁에 있던 초주라는 신하도 말했습니다.

"점을 쳐 보니 올해 나쁜 일이 일어날 것 같습니다."

그러나 제갈량은 물러서지 않았습니다.

"폐하, 역적을 물리치지 않으면 촉나라는 무사하지 못합니다. 이번에도 이기지 못하면 살아서 돌아오지 않겠습니다."

마침내 유선은 고개를 끄덕이며 허락했습니다.

제갈량은 한중으로 가서 싸울 준비를 했습니다. 그런데 관흥이 병으로 죽었다는 소식이 들려왔습니다. 장포에 이어 관흥도 젊은 나이에 세상을 떠난 것입니다.

"훌륭한 장수들이 다 죽는구나!"

제갈량은 눈물을 흘리며 슬퍼했습니다. 하지만 싸움을 멈출 수는 없었습니다. 제갈량은 오나라의 손권에게 위나라를 함께 물리치자는 뜻을 전했습니다. 손권도 남쪽에서 위나라로 쳐들어가기로 했습니다.

제갈량은 크게 기뻐하며 군사를 이끌고 기산으로 떠났습니다. 제갈량이 여섯 번째로 나서는 싸움입니다. 제갈량은 이번이 마지막 싸움이라고 생각했습니다.

이때 손권도 대도독 육손을 보내 위나라로 쳐들어갔습니다. 위나라 황제 조예가 놀라서 사마의를 불렀습니다.

"대장군은 서쪽 기산에서 공명을 막으시오. 나는 남쪽에서 육손을 막겠소. 우리는 오로지 적을 굳게 막기만 해야 하오."

위나라 군사는 두 무리로 나누어 남쪽과 서쪽으로 떠났습니다. 조예는 남쪽의 합비성으로 갔고, 사마의는 위수를 건너서 기산에 진지를 세웠습니다.

사마의는 날쌘 장수들을 새롭게 거느렸습니다. 하후패를 비롯하여 하후위, 하후혜, 하후화가 바로 그들입니다.

이 네 사람은 조조 때 용맹했던 하후연의 네 아들입니다. 그 중 하후패가 가장 용맹스러웠습니다.

사마의는 또 두 아들 사마사와 사마소도 거느렸습니다. 두 아들은 사마의처럼 머리가 좋고 꾀가 많았습니다.

기산과 합비에서 밀고 당기는 싸움이 시작되었습니다.

"나는 공명의 군량이 떨어질 때까지 기다리겠다."

제갈량이 하루에도 몇 번씩 싸움을 걸었지만 사마의는 거들떠보지도 않고 진지만 굳게 지켰습니다.

"사마의가 우리 군량이 떨어지기만을 기다리고 있는 게로구나."

제갈량은 사마의의 진지를 살피러 나갔습니다. 산 위에서 이곳저곳을 살피던 제갈량이 어떤 곳을 가리키며 물었습니다.

"마치 호로병같이 생긴 저 골짜기는 어디냐?"

"상방곡입니다. 호로병처럼 생겼다고 해서 호로곡이라고도 부릅니다."

뒤따르던 한 장수가 대답했습니다. 골짜기의 입구는 호로병의 주둥이처럼 좁았습니다. 그러나 그 안은 수백 명이 지낼 만큼 넓었습니다.

"저 호로곡에서 사마의를 사로잡아야겠다."

제갈량은 진지로 돌아가서 장수들 앞에 종이 두 장을 내놓았습니다. 종이에는 이상하게 생긴 나무 소와 나무 말이 그려져 있었습니다.

"목수들을 불러서 이 그림대로 만들도록 하시오."

목수들이 만든 나무 소와 나무 말은 겉모양이 소와 말을 그대로 닮았습니다. 바닥에는 바퀴가 달려 있어서 사람이 끌 수도 있었습니다. 그 안은 물건을 넣을 수 있도록 텅 비어 있었습니다. 병사들이 탄성을 질렀습니다.

"와, 참 신기하다!"

나무 소와 나무 말은 병사 한두 사람이면 끌 수 있었습니다. 그리고 험한 길도 쉽게 오르내렸습니다.

제갈량은 나무 소와 나무 말로 군량을 나르도록 했습니다. 지금까지는 군량을 나를 때마다 병사들이 등짐을 져야 해서 한꺼번에 많이 나를 수 없었습니다. 하지만 나무 소와 나무 말에는 쌀이 많이 들어갔습니다.

"허, 이것 참 기막힌 수레야."

나무 소와 나무 말 덕분에 촉나라 군사는 군량을 걱정하지 않아도 되었습니다.

사마의가 이 소식을 듣고 깜짝 놀랐습니다.

"지금껏 공명에게 양식이 떨어지기만 기다렸는데 나무 소와 나무 말 때문에 내 작전이 쓸모없게 되었구나."

사마의는 발을 동동 굴렀습니다.

제갈량은 장수들을 불러 모으고 작전을 지시했습니다. 먼저 위연에게 말했습니다.

"위연 장군은 중달에게 싸움을 거시오. 하지만 절대로 이겨서는 안 되고 지기만 하시오."

"그런 겁쟁이들에게 왜 지기만 하라는 겁니까?"

위연이 못마땅한 목소리로 물었습니다.

"시키는 대로 하시오. 중달이 뒤쫓아 오면 등불이 걸려 있는 곳으로 달아나시오."

그런 다음 제갈량은 고상이라는 장수에게 말했습니다.

"그대는 나무 소와 나무 말에 양식을 가득 싣고 산길로 왔다 갔다 하시오. 적이 오면 내버리고 도망치시오."

"아니, 아까운 양식을 일부러 빼앗기란 말씀입니까?"

고상이 고개를 갸웃거리며 나갔습니다.

제갈량은 마대와 함께 호로곡으로 갔습니다.

"골짜기 안에 구덩이를 여러 개 파고, 마른 풀을 엮어 움집을 지으시오."

마대가 구덩이를 파고 움집을 짓자 제갈량은 먼저 불에 잘 타는 물건들을 구덩이에 잔뜩 넣었습니다. 그리고 움집 안에는 화약을 담은 가마니를 가득 쌓아 두었습니다. 언뜻 보면 꼭 군량을 쌓아 둔 것 같았습니다.

한편 위연은 사마의를 찾아가 싸움을 걸었습니다.

"천하의 겁쟁이 중달아, 진지 안에서 뭘 하고 있느냐!"

위연이 소리치자 사마의는 이를 악물고 참았습니다.

위연은 하루도 빠짐없이 찾아와 약을 올렸습니다. 위나라 장수들은 마침내 약이 오를 대로 올랐습니다. 그 가운데 하후혜와 하후화가 사마의에게 말했습니다.

"저희가 위연을 혼내 주고 군량도 빼앗아 오겠습니다."

"이것은 다 공명의 속임수요. 나가지 마시오."

"대장군께서는 의심이 너무 많습니다. 저희가 목숨을 바쳐 싸우겠습니다."

그러자 사마의는 마지못해 허락했습니다. 두 장수가 군사를 이끌고 나가자 위연은 멀리 도망쳐 버렸습니다. 그 대신 고상이 나무 소와 나무 말을 이끌고 나타났습니다.

하후혜와 하후화가 고상에게 달려들었습니다. 고상과

촉나라 병사들은 놀라서 나무 소와 나무 말을 버리고 달아 났습니다.

"아니, 이건 군량이 아니냐?"

하후혜와 하후화가 이기고 돌아오자 사마의가 마침내 마음이 변했습니다.

"적이 지금 흩어져 있으니 오늘 밤 공격합시다."

사마의는 하후혜와 하후화에게 말했습니다.

"두 사람은 어둠을 틈타서 기산의 진지를 빼앗도록 하시 오. 나는 호로곡으로 싸우러 가겠소."

위나라 군사가 두 쪽으로 나뉘어 달려 나갔습니다. 사마 의는 두 아들 사마사와 사마소를 데리고 갔습니다. 사마의 가 한창 달리고 있는데 위연이 나타났습니다.

"중달아, 네가 드디어 싸우러 나왔구나!"

그런데 몇 차례 싸우지도 않고 위연이 달아나기 시작했 습니다. 위연은 멀리 등불이 걸려 있는 곳만 보고 달아났 습니다. 바로 호로곡으로 들어가는 길목이었습니다.

위연을 뒤쫓아 호로곡까지 온 사마의는 수상한 느낌이 들었습니다.

"누가 먼저 가서 살펴보고 오너라."

사마의의 말에 한 장수가 살펴보고 돌아왔습니다.

"골짜기 안에는 아무도 없습니다. 아마 군량을 쌓아 두는 곳 같습니다."

사마의는 군량이라는 말에 기뻐서 얼른 골짜기 안으로 들어갔습니다. 그러나 그곳에는 풀집과 마른 나무들뿐이었습니다.

"적이 골짜기 입구를 막으면 꼼짝없이 갇히고 만다."

그때 산 위에서 바위와 나무들이 굴러 떨어져 입구를 막아 버렸습니다.

"공명의 속임수다. 어서 피해라!"

그러나 사방에서 불화살이 하늘을 뒤덮으며 날아왔습니다. 불화살이 풀집에 떨어져 금세 불길이 치솟았습니다. 풀집 안에 있던 화약도 펑펑 터졌습니다. 위나라 병사들은 불길 속에서 비명을 지르며 타 죽었습니다.

제갈량은 산 위에서 이 모습을 보고 기뻐했습니다. 그런데 갑자기 거센 바람이 일어나며 검은 구름이 몰려왔습니다. 곧이어 벼락이 치더니 소나기가 쏟아졌습니다. 골짜기를 뒤덮고 있던 불은 금방 꺼졌습니다.

"하늘이 우리를 돕는구나. 어서 도망치자."

사마의는 있는 힘을 다해서 포위를 뚫고 도망쳤습니다. 제갈량은 땅을 치며 아쉬워했습니다.

사마의는 겨우 진지로 돌아갔습니다. 하지만 진지는 이미 위연이 차지하고 있었습니다. 기산으로 간 군사도 크게 지고 돌아왔습니다. 제갈량이 미리 군사를 숨겨 놓았던 것입니다.

사마의는 위수를 건너 북쪽 강변에 새로 진지를 세우며 결심했습니다.

"지금부터 무슨 일이 있어도 공명과 싸우지 않겠다."

이렇게 제갈량은 호로곡에서 큰 승리를 거두었습니다. 제갈량은 사마의를 놓친 것을 몹시 아쉬워하며 오장원이라는 곳으로 옮겨 갔습니다. 오장원은 위수의 남쪽으로 사마의의 진지와 마주한 곳입니다. 제갈량은 오장원에 진지를 세우고 다음 작전을 궁리했습니다.

오장원에
떨어진 큰별

제갈량이 오장원에서 사마의에게 싸움을 걸었지만 사마의는 끄떡도 하지 않았습니다. 제갈량은 오랜 싸움에 지쳐서 몸이 무척 쇠약해져 있었습니다.

아무리 기다려도 사마의는 싸우러 나오지 않았습니다. 어느 날, 제갈량은 편지 한 통과 함께 여자들이 쓰는 머릿수건과 흰옷을 사마의에게 보냈습니다.

너는 한 나라의 대장군이면서 어찌 숨기만 하느냐? 너는 부인네들처럼 겁이 많으니 여자처럼 머릿수건을 쓰고 흰옷을 입도록 하여라.

편지를 읽은 사마의는 화가 치밀었지만 빙그레 웃으며 제갈량의 심부름꾼에게 물었습니다.

"너희 승상은 요즘 어떻게 지내시느냐?"

"아침 일찍 일어나서 밤늦도록 일하십니다."

"밥은 잘 드시느냐?"

"밥은 조금만 드시고 일을 많이 하십니다."

사마의는 심부름꾼을 돌려보내고 껄껄 웃었습니다.

"그렇게 일하다가는 늙은 몸에 병이 날 것이다."

심부름꾼이 돌아오자 제갈량이 물었습니다.

"중달이 뭐라고 하더냐?"

"승상께서 어떻게 지내시냐고 물었습니다."

"중달은 내가 몸이 좋지 않은 것을 알고 있구나."

제갈량은 한숨을 내쉬었습니다. 그때 성도에서 비위라는 관리가 왔습니다. 제갈량이 반기며 물었습니다.

"손권이 위나라로 쳐들어간 일은 어떻게 되었소?"

"오나라가 이기지 못하고 물러났다고 합니다."

제갈량이 갑자기 손으로 이마를 짚으며 쓰러졌습니다. 장수들이 달려들어 제갈량을 자리에 눕혔습니다.

그때부터 제갈량은 시름시름 앓기 시작했습니다. 날이

갈수록 병은 깊어질 뿐 조금도 나아지지 않았습니다. 좋은 약도 소용이 없었습니다.

"머리가 어지럽고 정신이 오락가락합니다. 아무래도 오래 살지 못할 것 같소."

"그런 말씀 마십시오. 편히 쉬면 나으실 겁니다."

장수들이 제갈량을 위로했습니다.

어느 날 밤, 제갈량이 아픈 몸을 이끌고 나와 하늘을 보고는 소스라치게 놀랐습니다. 이때 강유가 다가왔습니다.

"밤바람이 차가우니 어서 안으로 드십시오."

제갈량은 자리에 누우며 강유에게 말했습니다.

"별점을 쳐 보니 아무래도 내가 곧 죽을 것 같구려."

"어찌 그런 약한 말씀을 하십니까? 힘을 내십시오."

강유가 위로하자 제갈량이 미소를 지으며 말했습니다.

"하늘에 제사를 지내서 좀 더 살게 해 달라고 빌어 보겠소."

제갈량은 제사상 주위에 등불 일곱 개를 세우고, 한가운데에 커다란 등불을 세웠습니다. 그리고 강유에게 말했습니다.

"오늘부터 북두칠성에 제사를 지내겠소. 앞으로 칠 일

동안 가운데 큰 등불이 꺼지지 않아야 내가 더 살 수 있소. 그동안 아무도 들여보내지 마시오."

강유는 밖으로 나가 병사들과 함께 제갈량의 천막을 지 켰습니다. 제갈량은 무릎을 꿇고 빌었습니다.

"저는 한나라를 다시 세우려고 나섰습니다. 오로지 백성 을 편안하게 하려는 일입니다. 그러니 부디 아직은 제 목 숨을 거두어 가지 마십시오."

제갈량은 낮에는 일을 보고 밤에는 제사를 지냈습니다. 너무 힘겨워 계속 기침을 하고 피를 토했습니다. 그렇게 엿새 동안 등불은 꺼지지 않고 밝게 타올랐습니다.

마침내 마지막 밤이 되었습니다. 그런데 이날 사마의가 하늘을 살피더니 하후패를 불렀습니다.

"별자리를 보니 좋은 일이 일어날 것 같소. 가서 공명의 진지를 살펴보도록 하시오."

하후패는 군사 몇 명을 거느리고 위수를 건넜습니다.

제갈량이 마지막 제사를 지내고 있는데 갑자기 밖에서 소란이 일어났습니다.

"무슨 일이냐?"

제갈량의 천막을 지키던 강유가 달려갔습니다. 그 순간

누군가 칼을 들고 달려왔습니다.

"승상, 적이 나타났습니다!"

위연이 소리치며 제갈량의 천막 안으로 뛰어들었습니다. 그러다 그만 발로 가운데 큰 등불을 차고 말았습니다. 그 바람에 등불이 꺼지자 제갈량이 놀라서 비명 같은 탄식을 내뱉었습니다.

"아아, 하늘이 나에게 목숨을 더 주지 않는구나!"

그때 강유가 칼을 뽑으며 위연에게 소리쳤습니다.

"네놈이 등불을 꺼뜨렸으니 살려 두지 않겠다."

위연이 놀라서 무릎을 꿇었습니다.

"승상, 큰 잘못을 저질렀으니 벌을 내려 주십시오."

"다 미신이오. 괜찮으니 어서 나가 적을 무찌르시오."

제갈량은 강유를 말리며 위연에게 말했습니다. 위연은 군사를 이끌고 재빨리 밖으로 달려 나갔습니다. 그러자 제갈량의 진지를 살피러 온 하후패는 그대로 달아났습니다.

다음 날, 제갈량은 자리에 누워 강유를 불렀습니다.

"나는 오늘 밤을 넘기지 못할 것 같구려. 내가 이루지 못한 일을 지혜로운 그대에게 맡기겠소."

제갈량은 책상에 놓인 책들을 힘없이 가리켰습니다.

"내가 평생 동안 배운 것을 저기에 적어 놓았소. 부디 열심히 공부하여 나라를 위해 일하도록 하시오."

"제가 목숨을 바쳐 승상의 뜻을 이루겠습니다."

강유는 울면서 제갈량에게 절을 올렸습니다.

제갈량은 양의와 마대를 불렀습니다. 양의는 제갈량이 늘 데리고 다니던 관리이고, 마대는 옛날 용맹했던 마초의 아우입니다. 제갈량은 먼저 양의에게 말했습니다.

"내가 죽거든 군사를 이끌고 한중으로 돌아가시오. 내 죽음을 알리지 말고, 절대로 소리 내어 울지도 마시오. 그리고 나와 똑같이 생긴 나무 인형을 하나 만들어 놓았으니, 사마의가 뒤쫓거든 그 인형으로 물리치시오."

그리고 제갈량은 비단 주머니 하나를 내밀었습니다.

"내가 죽으면 반드시 배신하는 사람이 있을 것이오. 그때 이 주머니를 열어 보고 배신자를 물리치시오."

양의는 눈물을 글썽이며 절을 올렸습니다.

제갈량이 이번에는 마대를 불러 아무도 듣지 못하게 나지막한 목소리로 속삭였습니다.

"내가 죽으면 욕심 많은 위연이 배신할 것이오. 지금부터 위연을 따라다니시오. 그러다 위연이 '누가 감히 나를 죽이겠느냐!' 라고 외치면 목을 베시오.”

“잘 알겠습니다!”

마대도 눈물을 흘리며 절을 올렸습니다.

제갈량은 마지막 힘을 내어 황제에게 글을 쓰기 시작했습니다.

폐하!

제가 돌아가신 폐하의 뜻을 이루지 못하고 죽게 되어 너무나 원통합니다. 폐하를 더 섬기지 못하는 것도 가슴에 사무칩니다. 모든 일을 강유에게 맡겼으니 강유를 크게 써 주십시오.

부디 폐하께서는 마음을 깨끗이 하고 욕심을 버리십시오. 늘 백성을 사랑하시고 어진 신하를 아끼십시오. 그리고 간사한 신하는 멀리하셔야 합니다.

폐하, 이 못난 신하의 말을 잊지 말아 주십시오.

제갈량은 기침을 하며 피를 토했습니다. 베개가 온통 붉은 피로 물들었습니다. 장수들은 걱정이 되어 어쩔 줄을 몰랐습니다. 문득 양의가 물었습니다.

“승상께서 안 계시면 누가 승상이 되어야 합니까?”

"장완이 좋겠소."

"장완 다음에는 누가 좋겠습니까?"

"비위가 좋겠소."

"비위 다음에는 누가 좋겠습니까?"

"……."

양의가 다시 물었지만 대꾸가 없었습니다. 장수들이 다가가 보니 제갈량은 이미 숨을 거둔 뒤였습니다.

"승상! 흐흐흐흑……."

모두들 이를 악물고 소리 없이 울었습니다. 제갈량이 소리 내어 울지 말라고 당부했기 때문입니다. 이때 제갈량의 나이는 쉰넷이었습니다.

그날 밤, 오장원의 하늘에서 커다란 별이 하나 떨어졌습니다. 그 별은 밝은 빛을 내며 어둠 속으로 사라졌습니다.

제갈량은 갈라진 중국 땅을 하나로 만들려고 했지만 병을 얻어 세상을 떠나고 말았습니다. 제갈량의 여섯 번째 싸움도 실패로 끝난 것입니다.

사마의는 문득 큰 별 하나가 동쪽에서 서쪽으로 떨어지는 것을 보았습니다. 별이 떨어진 곳은 제갈량의 진지 바로 위쪽이었습니다.

"드디어 공명이 죽었구나!"

사마의는 저도 모르게 외쳤습니다. 그런데 싸우러 나서던 사마의가 갑자기 걸음을 멈추었습니다.

"공명이 정말 죽었는지 확인해 보고 싸우자."

사마의는 다시 진지로 들어가 아침까지 기다렸습니다.

촉나라 장수들은 소리도 내지 못하고 흐느껴 울고 있었습니다. 강유는 양의와 함께 제갈량의 시신을 관에 넣고 병사 삼백 명에게 지키게 했습니다. 강유는 제갈량을 대신하여 장수들에게 명령을 내렸습니다.

"여러분은 오늘 밤 조용히 한중으로 떠나시오. 내가 뒤에서 적을 막겠소."

마대는 혼자서 위연을 찾아갔습니다. 위연은 다른 곳을 지키고 있어서 제갈량의 죽음을 모르고 있었습니다.

위연은 제갈량이 죽은 것을 알고 몹시 놀랐습니다. 위연은 궁금한 표정으로 물었습니다.

"그러면 누가 승상 대신 군사를 다스리게 되었소?"

"강유와 양의 장군입니다."

"그런 조무래기들이 군사를 다스린단 말이오? 두 사람에게 가서 내가 군사를 다스리겠다고 말하시오."

"두 사람은 이미 군사를 거느리고 떠났습니다."

"나를 무시하다니 가만두지 않겠소. 마장군이 나를 돕겠소?"

"기꺼이 돕겠습니다."

마대는 이렇게 대답했지만 속마음은 달랐습니다.

'승상의 말씀이 맞았어. 위연을 잘 감시해야겠군.'

위연은 마대와 함께 서둘러 떠났습니다. 위연은 먼저 한중에 도착해서 강유와 양의를 없애 버릴 생각이었습니다.

어느덧 날이 훤히 밝았습니다. 사마의는 촉나라 군사가 물러갔다는 소식을 들었습니다.

"공명이 정말로 죽었구나. 어서 적을 뒤쫓아야겠다."

사마의는 길을 재촉했습니다.

"저기 촉나라 군사가 보인다!"

한 병사가 소리쳤습니다. 촉나라 군사가 멀리 보리밭 사이를 지나가고 있는 것이 보였습니다.

"마지막 힘을 내서 적을 뒤쫓아라!"

사마의가 크게 외치며 빠르게 말을 몰았습니다. 그 순간 가까운 숲에서 화약 터지는 소리가 났습니다.

사마의가 놀라서 고개를 돌리니 촉나라 군사가 깃발을

앞세우고 나타났습니다. 깃발에는 커다란 글씨로 '한나
라 승상 제갈량' 이라고 씌어 있었습니다.

"제갈량이라고? 그렇다면 공명이 살아 있단 말인가!"

사마의는 눈을 크게 떴습니다. 깃발 뒤로 작은 수레가 따
르고 있었고 수레 위에는 제갈량이 앉아 있었습니다. 그
뒤를 강유와 수십 명의 장수들이 호위하고 있었습니다.

"아니, 공명이 아직도 살아 있잖아. 내가 또 속았군."

사마의는 말을 돌려 달아나기 시작했습니다. 그러자 병
사들도 투구와 무기를 내던지며 달아났습니다.

"장군께서는 제발 정신을 차리십시오!"

하후패가 사마의를 뒤쫓아 오며 소리쳤습니다. 그제야
사마의가 숨을 헐떡이며 말을 멈추었습니다.

"겁내지 마십시오. 적은 이미 멀리 물러갔습니다."

사마의는 하후패와 함께 진지로 돌아갔습니다. 이틀 뒤
에 병사들이 돌아와서 말했습니다.

"촉나라 군사는 모두 떠났고, 공명은 정말로 죽었다고
합니다."

"그럼 내가 본 공명은 누구냐?"

"장군께서 보셨던 공명은 나무로 만든 인형이었습니다.

그때 강유는 겨우 병사 천 명을 데리고 있었다고 합니다."

사마의는 머리를 쥐어뜯으며 억울해했습니다. 그 모습을 보고 병사들이 소곤거렸습니다.

"죽은 공명이 산 사마의를 쫓았군그래."

사마의는 할 수 없이 군사를 거느리고 낙양으로 돌아갔습니다.

강유와 장수들은 촉나라 땅에 들어서자 비로소 울기 시작했습니다. 병사들도 그제야 제갈량이 죽은 것을 알고 관 앞으로 몰려와 울부짖었습니다.

강유와 양의는 병사들을 달래며 길을 재촉했습니다. 그런데 어느 골짜기에 이르러 더 이상 나가지 못하고 멈춰야 했습니다. 위연이 먼저 지나간 뒤 절벽 사이를 연결하는 구름다리를 불살라 버린 것입니다.

강유가 말했습니다.

"내가 다른 길을 알고 있소. 길이 험하고 훨씬 멀지만 그리로 가는 수밖에요."

강유는 날쌘 병사에게 편지를 주어 유선에게 보냈습니다. 병사는 쉬지 않고 달려가 유선에게 편지를 바쳤습니다.

"폐하, 승상께서 병으로 세상을 떠났습니다."

유선은 강유의 편지를 읽고 소리 내어 울었습니다.

이때 위연도 유선에게 편지를 보냈습니다. 위연은 강유와 양의가 나라를 배반하고 적과 한편이 되었다고 거짓말을 했습니다. 위연은 두 사람을 역적으로 몰아서 죽이려 한 것입니다.

강유와 양의는 먼 길을 돌아서 위연이 있는 골짜기까지 찾아왔습니다. 위연은 깜짝 놀랐습니다.

"벌써 오다니. 오냐, 내가 너희의 목을 베어 주마."

위연은 마대와 함께 싸우러 나섰습니다.

강유와 양의는 가까운 남정성 안에서 싸울 일을 의논했습니다. 양의가 손바닥으로 이마를 치며 말했습니다.

"아차, 승상께서 주신 비단 주머니가 있었지."

양의는 품속에서 붉은 비단 주머니를 꺼냈습니다. 주머니 속에는 편지 한 장이 들어 있었습니다. 겉봉에는 배신자와 마주 섰을 때 읽어 보라고 씌어 있었습니다. 양의는 편지를 품속에 다시 넣었습니다.

강유와 양의는 성문을 열고 달려 나갔습니다. 위연도 칼을 휘두르며 달려왔습니다. 양의는 다시 제갈량의 편지를 꺼내 펼쳐 보았습니다.

배반자에게 "누가 감히 나를 죽이겠느냐!" 하고 외치게 하여라. 그러면 배반자의 목을 벨 사람이 있다.

양의는 편지를 읽고 위연에게 말했습니다.

"네가 용맹한 장수라면 '누가 감히 나를 죽이겠느냐!' 하고 외쳐 보아라."

위연은 마음껏 비웃으며 큰 소리로 외쳤습니다.

"누가 감히 나를 죽이겠느냐!"

이 말이 떨어지자마자 마대가 고함을 질렀습니다.

"내가 너를 죽이겠다!"

칼이 번쩍하더니 위연의 목을 내리쳤습니다. 눈 깜짝할 사이였습니다. 위연은 비명도 못 지르고 말 아래로 고꾸라졌습니다.

강유와 양의는 마대와 함께 성도로 갔습니다. 유선은 제 갈량의 관을 붙들고 울었습니다.

"이게 어찌 된 일입니까? 승상께서 세상을 떠나시다니요……."

백성들도 길가로 나와 엎드려 통곡했습니다.

제갈량은 한중에서 가까운 정군산 기슭에 묻혔습니다.

유선은 제갈량의 묘 옆에 작은 사당을 지어 계절마다 제사를 지내게 했습니다. 그리고 제갈량의 유언에 따라 장완을 새 승상으로 삼고, 강유를 대장군으로 삼았습니다.

강유는 군사를 이끌고 다시 한중으로 돌아갔습니다.

"돌아가신 승상의 뜻을 반드시 이루리라."

강유는 한중에서 제갈량이 남긴 책을 읽으며 열심히 공부했습니다. 또 군사를 훈련시키고 부지런히 군량을 모았습니다.

무서운 세상

위나라의 황제 조예는 제갈량이 죽자 너무 기뻤습니다. 세상이 모두 자기 것만 같았습니다.

'이제는 아무도 두렵지 않다. 지금부터는 나도 마음 편히 살아야겠다.'

조예는 매일 궁궐에서 잔치를 열고 술을 마시며 지냈습니다. 나랏일도 소홀히 했습니다.

"궁궐을 새로 짓고 아름답게 꾸미도록 하여라."

조예는 백성들을 시켜 새 궁궐을 짓게 했습니다. 그러자 백성들은 조예를 원망하기 시작했습니다.

충성스러운 신하들이 글을 올려 검소하게 지내라고 당

74

부했지만 조예는 노는 일에 빠져서 정신이 없었습니다.

"누가 이 따위 글을 올렸느냐? 당장 잡아들여라."

조예는 충성스런 신하를 함부로 죽이거나 내쫓아 버렸습니다. 신하들은 죽음이 두려워서 옳은 말을 하지 않게 되었습니다.

날마다 놀고 마시는 일에 빠져 산 조예는 결국 건강이 나빠져 몸져눕고 말았습니다. 조예의 병은 점점 깊어 갔습니다.

'내가 너무 술과 게으름에 빠져 지냈구나.'

조예는 후회했지만 때는 이미 늦었습니다.

'내가 이렇게 죽으면 어린 아들은 누가 돌본단 말이냐!'

조예에게는 조방이라는 여덟 살 먹은 아들이 하나 있었습니다. 조예는 조방을 돌봐 줄 사람을 생각했습니다. 맨 먼저 사마의가 떠올랐지만 조예는 고개를 저었습니다.

'중달보다는 가까운 친척이 좋겠어.'

조예는 세상을 떠난 조진이 떠올랐습니다. 조진에게는 조상이라는 아들이 있었습니다.

조예는 조상에게 대장군 벼슬을 내리고 사마의와 함께 불렀습니다.

"옛날 유비는 죽으면서 어린 아들을 공명에게 맡겼소. 그리고 공명은 죽을 때까지 충성을 다했소. 나도 그대들에게 내 아들 조방을 맡길 테니 부디 잘 돌봐 주시오."

그날 밤, 조예는 세상을 떠났습니다. 겨우 서른여섯 살이었습니다. 어린 조방이 조예의 뒤를 이어 황제가 되었습니다. 그러나 새 황제가 너무 어려서 사마의와 조상이 대신 나랏일을 보았습니다.

두 사람은 처음에는 모든 일을 서로 의논했습니다. 그런데 조상에게는 못된 부하가 많았습니다. 조상의 부하들은 자기들이 나라를 다스리고 싶어서 나쁜 말로 조상을 꾀었습니다.

"대장군, 사마의는 좋은 사람이 아닙니다. 옛날 대장군의 아버님께서도 중달 때문에 돌아가셨습니다."

"그게 무슨 말이오? 중달 때문이라니요?"

조상은 의아해하며 물었습니다.

조상의 아버지 조진은 예전에 싸움터에서 병들어 누워 있다가 제갈량의 편지를 받고 숨이 막혀 죽었습니다. 하지만 부하들은 거짓말로 사마의를 모함했습니다.

"대장군께서 병이 들었는데도 사마의가 돌봐 주지 않아

돌아가셨습니다."

조상은 사마의를 미워하게 되었습니다. 조상은 어린 황제에게 말하여 사마의의 벼슬을 태부로 낮추어 버렸습니다. 태부는 높은 벼슬이지만 아무런 힘이 없었습니다.

그런 반면 조상은 위나라 군사를 모두 거느리는 힘 있는 사람이 되었습니다. 신하들은 조상을 황제보다 더 받들었습니다. 조상은 점점 교만해져서 황제에게는 나랏일을 보고하지도 않았습니다. 그리고 궁궐 같은 집에서 황제처럼 지냈습니다.

위나라는 조상의 나라나 마찬가지였습니다. 교만한 황제가 죽으니 교만한 신하가 나타난 것입니다.

조상에게 머리 좋은 사마의는 눈엣가시였습니다. 어느 날, 조상은 사마의를 감시하려고 이승이라는 부하를 보냈습니다.

사마의는 이승이 왔다는 말을 듣고 서둘러 두 아들 사마사와 사마소를 불렀습니다.

"얘들아, 조상이 나를 감시하려고 부하를 보냈구나. 몸이 아픈 척해야겠다."

사마의는 머리를 풀어헤치고 이부자리에 누웠습니다.

이승이 방으로 들어와 사마의에게 큰 절을 올리며 말했습니다.

"제가 이번에 형주를 지키러 떠납니다. 그래서 인사를 드리러 왔습니다."

사마의는 이승의 말을 알아듣고도 일부러 잘못 들은 척 했습니다.

"병주로 간다고? 병주는 오랑캐의 땅과 가까우니 잘 지키게."

사마의는 일부러 더듬더듬 힘없이 대꾸했습니다.

"병주가 아니고 형주입니다."

"오, 지금 병주에서 오는 길이라고? 고생이 많았네."

사마의는 침까지 질질 흘리며 엉뚱한 말을 했습니다. 그러면서 손으로 자꾸 입을 가렸습니다. 곁에 있던 두 아들이 사마의를 부축하고 물을 먹였습니다. 그런데 사마의는 물도 잘 받아 마시지 못하고 흘렸습니다.

이승이 얼굴을 찌푸리며 돌아가 조상에게 말했습니다.

"중달은 제정신이 아닙니다. 가만두어도 머지않아 죽을 것 같습니다."

그날부터 조상은 사마의를 신경 쓰지 않고 사냥이나 다

니면서 하루하루를 보냈습니다. 조상을 안심시킨 사마의는 나지막한 목소리로 두 아들에게 말했습니다.

"역적 조상을 이대로 두어서는 안 되겠다."

사마의는 자신을 따르는 장수들을 은밀히 불러 자기 뜻을 이야기했습니다.

그러던 어느 날, 조상은 황제 조방과 함께 낙양성 밖으로 사냥을 갔습니다. 사마의가 이 소식을 듣고 자리에서 벌떡 일어났습니다.

"오늘이 다시없는 기회다."

사마의는 당장 부하들을 불러 모아서 대궐로 달려갔습니다. 옛날 사마의와 함께 싸움터를 누빈 장수들이었습니다.

사마의와 장수들은 대궐을 차지하고 무기 창고를 빼앗았습니다. 그리고 성안에 있는 병사들을 한곳으로 불러 모았습니다.

"이제부터 내가 너희를 지휘한다. 나를 따르겠느냐?"

"예!"

병사들이 우렁차게 대답했습니다. 병사들은 오래전부터 믿고 따르던 사마의를 좋아했습니다. 사마의는 사냥을 나간 황제에게 병사들을 보냈습니다.

"어서 폐하를 모셔 오고, 조상도 잘 달래서 데려오너라."

병사들이 사냥터에 나타나자 조방과 조상은 깜짝 놀랐습니다. 조상이 조심스럽게 물었습니다.

"사마의가 정말로 나를 해치지 않는다고 하더냐?"

"그렇습니다. 대장군 자리만 내놓으면 조금도 해치지 않겠답니다."

조상은 안심하며 조방과 함께 낙양성으로 돌아갔습니다. 조상이 돌아오자마자 사마의가 소리쳤습니다.

"역적 조상을 거리로 끌어내 목을 베라!"

사마의는 조상의 부하와 가족들까지 모조리 처형했습니다. 그리고 집과 재물도 빼앗았습니다.

승상이 된 사마의는 어린 황제를 대신해 나랏일을 돌보았습니다. 이제 사마의의 말은 황제의 말이나 마찬가지였습니다. 여러 신하들도 사마의를 떠받들었습니다. 그런데 사마의에게는 한 가지 걱정이 있었습니다.

'조상의 가족을 죽였으니 그의 친척들이 가만있지 않을 거야.'

사마의는 조상의 친척들 가운데서도 용맹한 장수 하후패를 가장 두려워했습니다. 하후패는 위나라의 서쪽 옹주지방을 지키고 있었습니다.

'하후패를 낙양으로 불러서 없애 버려야겠다.'

사마의는 하후패에게 사람을 보냈습니다. 영리한 하후패는 금세 사마의의 마음을 눈치챘습니다.

'중달이 이제 나까지 죽이려고 하는구나.'

하후패는 부하들을 이끌고 무작정 달아났습니다. 이리저리 도망 다니다 마침내 촉나라 땅에 이르렀습니다.

"위나라는 내 친척들이 세운 나라인데 위나라 어디에도 내가 갈 곳이 없구나!"

하후패는 하늘을 보며 탄식했습니다.

"이제 내가 갈 곳은 촉나라밖에 없다."

하후패는 한중에 있는 촉나라의 대장군 강유를 찾아갔습니다. 그리고 지난 일을 모두 이야기했습니다. 강유는 하후패의 손을 잡으며 반겼습니다.

"힘을 합쳐 다시 한나라를 일으켜 세우도록 합시다."

강유는 그동안 한중에 머물면서 쉬지 않고 군사를 기르고 군량을 모았습니다. 그렇게 십오 년이 흘렀습니다. 강유는 제갈량의 유언을 하루도 잊지 않았습니다.

강유는 하후패가 촉나라로 오자 드디어 꿈을 이룰 때가

왔다고 생각했습니다. 강유는 하후패와 함께 위나라와 싸울 일을 의논했습니다.

"위나라에는 사마중달이 있으니 걱정이오."

"사마의는 너무 늙어서 오래 살지 못합니다."

"그렇게만 된다면 무슨 걱정이 있겠소."

"하지만 위나라에는 뛰어난 인물이 두 사람 있습니다. 그들이 군사를 거느리면 우리가 힘들어집니다."

"그 두 사람이 누구누구요?"

"종회와 등애인데, 머리가 좋고 꾀가 많습니다. 지금 사마의를 돕고 있지요."

이 말에 강유는 소리 내어 웃었습니다.

"하하하, 그런 애송이들이 뭐가 두렵습니까? 당장 위나라와 싸우겠소."

강유는 하후패와 함께 성도로 가서 황제 유선을 만났습니다.

"폐하, 이제 제갈 승상의 뜻을 이룰 때가 왔습니다."

강유의 목소리에서 굳건한 의지가 묻어났습니다. 그러자 유선이 말했습니다.

"오늘 장군을 보니 제갈 승상이 다시 살아난 듯하구려.

장군은 부디 몸과 마음을 다해 제갈 승상의 뜻을 이루도록 하시오."

강유는 유선에게 절을 올리고 서둘러 한중으로 돌아갔습니다.

한여름이 막 지나고 시원한 바람이 부는 초가을이었습니다. 강유는 한중으로 장수들을 불러 모았습니다.

"우리는 지난 십오 년을 기다려 왔소. 이제 돌아가신 승상의 뜻을 이룰 때가 왔소. 먼저 위나라의 서쪽 옹주부터 빼앗고 장안으로 나아가겠소."

강유는 예전에 제갈량이 했던 대로 위나라 서쪽 땅부터 차례로 빼앗을 생각이었습니다. 강유는 구안과 이흠을 불렀습니다.

"두 사람은 위나라 옹주의 국산으로 가시오. 강을 사이에 두고 양쪽 산에 돌성을 쌓고 기다리면 내가 뒤따르겠소."

구안과 이흠이 군사를 거느리고 옹주로 가서 강유가 시킨 대로 했습니다.

위나라 옹주를 지키는 곽회는 촉나라 군사가 쳐들어왔다는 소식을 듣고 부하 진태와 함께 국산으로 갔습니다. 국산에 간 곽회는 촉나라 군사가 쌓은 성을 보더니 소리 내어

웃었습니다. 진태가 영문을 몰라 하자 곽회가 말했습니다.

"성을 산 위에 쌓았으니 물이 없지 않겠소? 그러니 강물을 길어 가지 못하게 하면 적은 목이 말라 항복할 것이오."

곽회는 병사들에게 명령을 내렸습니다.

"너희는 상류로 가서 둑을 쌓아 강물을 막아라."

곽회의 말대로 촉나라 군사의 물이 곧 바닥났습니다. 물이 없으니 밥도 지어 먹을 수 없었습니다. 다행히 마침 첫눈이 내려서 눈을 녹여 겨우 밥을 지어 먹었습니다.

촉나라 군사가 굶주림과 추위 속에서 떨자 구안과 이흠은 근심에 사로잡혔습니다. 이흠은 강유에게 도움을 요청하려고 병사들을 이끌고 성 밖을 나섰습니다. 그러자 위나라 병사들이 벌 떼처럼 달려들었습니다.

이흠은 목숨을 걸고 싸워서 겨우 포위를 뚫었습니다. 그러자 곽회가 진태를 불렀습니다.

"이흠이 강유에게 가면 강유는 우리 옹주성으로 쳐들어올 것이다. 숨어 있다가 강유를 무찔러 버리자."

곽회와 진태는 군사를 나누어 떠났습니다.

이때 돌성을 빠져 나온 이흠은 밤낮을 쉬지 않고 달리다가 마침 국산으로 오던 강유와 만났습니다.

"병사들이 물을 마시지 못해 모두 죽게 생겼습니다."

"내가 미처 물을 생각하지 못했구나. 이 일을 어쩌나?"

강유가 안타까워하자 하후패가 말했습니다.

"지금 옹주성이 비어 있습니다. 우리가 옹주성으로 쳐들어가면 적이 그리로 몰려올 테고, 그럼 저절로 포위가 풀릴 겁니다."

강유는 하후패의 말대로 옹주성으로 나아갔습니다. 곽회의 생각대로 된 것입니다.

강유가 어느 골짜기에서 병사들과 쉬고 있을 때였습니다. 산속에서 진태가 고함을 지르며 달려 나왔습니다.

"이런, 적이 숨어 있었구나."

강유가 말 위에 뛰어올라 창을 들고 진태에게 달려들었습니다. 진태는 강유를 이기지 못하고 도망쳤습니다. 그런데 뒤에서 곽회의 병사들이 공격해 왔습니다.

강유는 놀라서 말을 돌렸습니다. 그러자 도망치던 진태가 다시 덤벼들었습니다. 촉나라 군사는 앞뒤로 포위당해 뿔뿔이 흩어졌습니다. 하후패가 말했습니다.

"어서 돌아가 다음 기회를 노리는 게 좋겠습니다."

강유는 할 수 없이 한중으로 돌아가기로 했습니다.

"내가 마음만 앞섰구나. 이번 패배는 모두 내 탓이다."

강유는 한숨을 내쉬었습니다.

강유는 어느덧 양평관에 이르렀습니다. 양평관은 한중으로 들어가는 길목에 있는 큰 고개입니다. 고개 위에는 촉나라 병사들이 지키는 성이 있었습니다. 강유가 막 고갯길로 오를 때였습니다.

"강유야, 내 칼을 받아라!"

한 장수가 길을 가로막았습니다. 얼굴은 둥글고, 왼쪽 눈 아래 커다란 검은 혹이 난 장수였습니다. 바로 사마의의 큰아들 사마사였습니다. 사마사는 사마의의 명령을 받고 옹주로 달려가던 중이었습니다.

강유는 칼을 뽑아 사마사를 막았습니다. 강유가 숨 돌릴 틈도 주지 않고 칼을 휘두르자 사마사가 주춤거리며 뒤로 물러났습니다.

이 틈에 강유는 양평관 고개 위로 올라갔습니다. 촉나라 병사들이 급히 성문을 열어 강유를 맞았습니다. 강유는 성으로 들어가자마자 병사들에게 소리쳤습니다.

"어서 연노를 쏘아라!"

그러자 대포같이 생긴 커다란 쇠막대기에서 쇠로 만든

화살이 쏟아져 나왔습니다. 쇠화살은 한 번에 수십 개씩 튀어나왔습니다.

"어이쿠, 이게 뭐냐!"

사마사의 병사들은 쇠화살을 맞고 고꾸라졌습니다. 게 다가 쇠화살 끝에는 독약이 묻어 있었습니다. 마침내 사마사는 칼을 버리고 도망쳤습니다.

연노는 쇠로 만든 통 안에 화살 열 개씩을 넣어 한 번에 쏠 수 있는 무기입니다. 강유는 제갈량이 물려준 책을 보고 연노를 만들어 두었던 것입니다.

강유는 연노를 어루만지며 제갈량에게 감사했습니다. 하지만 첫 싸움에 진 것이 무척 부끄러웠습니다.

국산에 있던 구안은 위나라에 항복했습니다. 굶주림과 추위를 더 이상 견딜 수 없었던 것입니다. 강유는 자기 탓이라는 생각에 몹시 괴로웠습니다.

'이제부터 서두르지 말고 천천히 지혜롭게 싸우자.'

강유는 이렇게 다짐하고 양평관을 떠나 한중으로 돌아갔습니다.

한편 위나라 사마의 집은 어두운 기운으로 가득 차 있었습니다. 늙은 사마의가 병으로 앓아누웠기 때문입니다.

사마의는 두 아들을 보며 힘없이 말했습니다.

"내가 죽거든 나라와 폐하를 위해 일해 다오."

사마의는 이 말을 남기고 세상을 떠났습니다.

이 소식을 들은 황제 조방은 몹시 슬퍼하며 사마의의 큰 아들인 사마사를 대장군으로 삼아 사마의의 뒤를 잇게 했습니다.

제갈량의 맞수였던 사마의도 이렇게 세상을 떠났습니다. 그런데 남쪽에서도 또 한 영웅이 사라졌습니다. 오나라 황제 손권이 세상을 떠난 것입니다.

손권이 죽기 전에는 대도독 육손과 제갈근이 먼저 세상을 떠났습니다. 그래서 손권은 제갈근의 아들 제갈각을 대도독으로 삼았습니다. 제갈근이 제갈량의 형이니 제갈각은 제갈량의 조카가 됩니다.

손권은 죽기 전에 제갈각을 불렀습니다.

"제갈량은 죽을 때까지 유비의 아들에게 충성을 다했소. 대도독도 내 아들을 잘 돌봐 주시오."

손권은 이 말을 남기고 눈을 감았습니다. 손권의 나이는 일흔한 살이었습니다. 이로써 중국 땅을 휘어잡던 옛 영웅들이 모두 사라졌습니다.

손권의 어린 아들 손양이 오나라의 새 황제가 되었습니다. 하지만 나랏일은 모두 제갈각이 도맡았습니다. 제갈각은 아버지와 달리 성질이 급했고 어린 황제를 무시했습니다.

사마사는 손권이 죽은 것을 알고 크게 기뻐했습니다.

"이제 오나라를 차지해야겠군."

사마사는 동생 사마소를 대장으로 삼고 오나라로 쳐들어갔습니다.

때는 몹시 추운 겨울이었습니다. 장강에 이른 사마소는 강변에 진지를 세우고 강 건너 동흥성부터 빼앗기로 했습니다.

위나라 병사들이 강을 건너자 오나라 병사들은 성을 지키며 맞섰습니다.

오나라의 대도독 제갈각은 이 소식을 듣고 정봉을 불렀습니다. 옛날 주유와 함께 전쟁터를 누비던 정봉도 어느새 머리가 하얀 노인이 되었습니다.

"장군이 달려가 적을 막으시오. 내가 뒤따르겠소."

정봉은 서른 척의 배에 병사들을 태우고 동흥성으로 떠났습니다.

장강 위로 추운 겨울바람이 불었습니다. 바람을 타고 수많은 눈송이가 장렬하게 강물에 몸을 던지고 있었습니다. 위나라 병사들은 동흥성을 빼앗기가 어려웠습니다. 오나라 병사들이 목숨을 걸고 성을 지켰기 때문입니다.

사마소는 배를 서로 잇고 그 위에 널빤지를 깔아 부교를 놓았습니다. 그러자 위나라 병사들은 마음대로 부교 위를 오갈수 있었습니다. 지친 위나라 장수들은 강변에 진지를 세우고 쉬었습니다. 그때 한 병사가 달려왔습니다.

"지금 오나라가 쳐들어오고 있습니다."

"하하하, 적의 수가 적으니 두려울 게 없다. 나가서 적을 살피고 있어라."

위나라 장수들은 껄껄 웃으며 계속 쉬었습니다.

정봉이 나와 위나라의 진지를 보니 싸우러 나온 병사가 한 명도 없었습니다.

"목숨을 바쳐서 나라를 구할 대장부는 나를 따르라!"

정봉은 크게 소리치며 투구와 갑옷을 벗었습니다. 정봉은 가벼운 옷차림에 짧은 칼 하나만 들었습니다.

"갑옷을 벗고 짧은 칼만 들어라. 적의 진지로 기어오를 것이다."

오나라 병사들은 저마다 갑옷을 벗어 던졌습니다. 이 모습을 보고 위나라 병사들이 비웃었습니다. 그런데 오나라 병사들이 배에서 뛰어내려 재빠르게 언덕을 기어올랐습니다. 바람처럼 날쌘 몸놀림이었습니다.

위나라 병사들은 눈이 휘둥그레졌습니다. 금세 언덕 위로 올라온 오나라 병사들은 짧은 칼을 들고 위나라 진지로 뛰어들었습니다.

"이게 무슨 일이냐?"

쉬고 있던 위나라 장수들은 크게 당황했습니다.

정봉이 앞장서서 위나라 장수들을 찔렀습니다. 위나라의 진지는 순식간에 아수라장이 되었습니다. 위나라 병사들은 앞을 다투어 부교 위로 달아났습니다.

"다리를 끊어라!"

정봉이 소리쳤습니다. 배 위에 있던 오나라 병사들이 도끼로 내리쳐 부교를 끊어 버렸습니다. 다리를 건너던 위나라 병사들은 강물 속으로 풍덩 빠졌습니다.

그날 살아서 장강을 건너간 위나라 병사는 거의 없었습니다. 강 건너에서 싸움을 지켜보던 사마소는 발을 구르며 안타까워했습니다.

"장강을 건너기가 이토록 어렵구나."

사마소는 군사를 잃고 낙양으로 돌아갔습니다. 늙은 정봉이 용기 하나로 얻은 크나큰 승리였습니다.

제갈각과 정봉은 큰 승리를 거두고 동흥성으로 들어갔습니다. 제갈각은 싱글벙글하며 기뻐했습니다.

"사마소가 크게 지고 돌아갔으니 지금이 바로 위나라를 무찌를 기회요."

제갈각은 군사를 이끌고 위나라의 신성으로 쳐들어갔습니다. 신성은 장특이라는 장수가 지키고 있었습니다. 놀란 사마사가 장특에게 명령을 내렸습니다.

"싸우지 말고 성만 지켜라. 적은 양식이 떨어지면 지쳐서 물러갈 것이다. 그때 뒤쫓아 가서 물리쳐라."

이것은 아버지 사마의가 잘 쓰던 작전입니다. 제갈량도 이 작전 때문에 여러 번 싸움에서 패했습니다.

장특은 사마사의 말대로 화살 한 개도 쏘지 않고 성을 지키기만 했습니다. 그렇게 여러 달이 지나 어느새 겨울과 봄이 지나고 여름이 왔습니다.

날씨는 무더웠고 군량은 점점 줄었습니다. 굶주린 병사들은 밤을 틈타 하나 둘 도망쳤습니다.

마침내 제갈각은 지친 병사들을 이끌고 오나라로 되돌아가기로 했습니다. 그러자 사마사가 군사를 보내 맹렬히 뒤쫓았습니다. 제갈각은 크게 지고 건업까지 정신없이 도망쳤습니다.

"장수들이 싸움을 게을리해서 진 거야."

제갈각은 싸움에 진 탓을 모두 부하 장수들에게 돌렸습니다. 그리고 자기 잘못을 뉘우치기는커녕 죄 없는 장수들을 내쫓았습니다.

오나라 장수들은 화가 나서 제갈각을 몰아내기로 뜻을 모았습니다. 그리고 황제 손양의 친척인 손준을 찾아갔습니다.

"제갈각을 그냥 두면 우리 오나라는 망합니다."

장수들의 말에 손준도 고개를 끄덕였습니다.

"내 생각도 같소. 나라를 위해 제갈각을 없애야겠소."

손준은 궁궐에서 잔치를 연다는 핑계로 제갈각을 불러내 죽이기로 했습니다.

"제갈각에게 폐하가 잔치를 열어 초대한다고 해라."

그러나 제갈각은 이 말을 조금도 의심하지 않았습니다.

"궁궐 잔치라면 내가 빠질 수 없지."

제갈각은 새 옷으로 갈아입고 궁궐로 갔습니다. 뜰에는 먹음직스러운 잔칫상이 차려져 있었습니다. 황제 손양이 제갈각을 보고 반겼습니다.

"대장군, 어서 오시오. 제 술을 한 잔 받으십시오."

손양이 술잔을 내밀자 제갈각은 단숨에 꿀꺽 마셨습니다. 그 순간 손준이 품에서 칼을 꺼내 들고 제갈각에게 달려들었습니다.

"역적은 내 칼을 받아라!"

제갈각은 술을 토하며 쓰러졌습니다. 그러자 숨어 있던 무사들이 달려 나와 제갈각의 부하들을 모두 묶었습니다.

이렇게 위나라에 이어 오나라에서도 싸움이 일어났습니다.

"신하들끼리 저렇게 미워하니 불안해서 살 수가 있나."

백성들은 만나기만 하면 서로 수군거렸습니다. 그러나 신하들끼리 죽고 죽이는 무서운 세상은 쉽게 끝나지 않았습니다.

강유의 꺾일 줄 모르는 의지

"장군, 우리는 어디로 가는 게 좋을까요?"

강유가 말 위에서 하후패에게 물었습니다.

"남안성으로 가십시오. 남안성은 위나라 서쪽에서 가장 부유한 곳입니다. 그곳을 얻으면 군량이 풍족해서 오래 싸울 수 있습니다."

제갈량이 세상을 떠난 지도 어느덧 이십 년이 흘렀습니다. 강유는 지금 위나라를 치러 가는 길입니다.

하후패가 다시 말했습니다.

"대장군, 우리 힘만으로 위나라를 물리치는 것은 어려운

98

일입니다. 서쪽 강나라의 힘을 빌리시지요."

강유는 하후패의 말에 따르기로 하고 황금과 비단을 마련해서 강나라로 보냈습니다.

강나라는 멀리 서쪽 나라로 기후가 몹시 안 좋고 산이 험했습니다. 그곳 사람들은 험한 산을 타며 살기 때문에 모두 체력이 좋았습니다.

강나라 왕인 미당은 강유의 선물을 받고 무척 좋아했습니다. 그래서 곧 군사를 이끌고 촉나라를 도우러 떠났습니다.

이때 강유는 위나라 땅에 진지를 세우고 있었습니다. 위나라에서는 사마사의 동생 사마소가 서질이라는 날쌘 장수와 함께 군사를 이끌고 나왔습니다. 양쪽 군사는 들판에 진지를 세우고 맞섰습니다.

강유는 강나라 군사를 기다리면서 위나라 군사와 싸울 작전을 짰습니다. 강유는 요화와 장익을 불러서 이런저런 명령을 내렸습니다.

이튿날부터 요화와 장익은 나무 소와 나무 말로 군량을 날랐습니다. 나무 소와 나무 말은 예전에 제갈량이 만든 것입니다. 두 장수는 나무 소와 나무 말을 끌고 진지 이곳저곳을 돌아다녔습니다.

그것을 보고 서질이 군사를 이끌고 달려 나왔습니다. 그러자 요화와 장익은 나무 소와 나무 말을 버리고 달아났습니다.

"이제 보니 순 겁쟁이들이로군."

서질은 병사를 나누어 촉나라의 군량을 옮기게 하고, 다시 요화와 장익을 뒤쫓았습니다. 한참을 달리는데 또다시 군량을 나르는 촉나라 병사들이 보였습니다. 촉나라 병사들은 이번에도 군량을 버리고 달아났습니다.

"이게 웬 떡이냐?"

서질과 부하들은 서로 먼저 군량을 차지하려고 무기를 내던지고 달려들었습니다.

그런데 막상 살펴보니 군량은 없고 마른 나무와 풀뿐이었습니다. 서질과 부하들이 속임수를 눈치챘을 때 불화살이 날아들며 수레에 불이 붙었습니다. 위나라 병사들은 놀라서 불길 속에서 허둥댔습니다.

도망갔던 요화와 장익도 군사를 이끌고 나타나서 위나라 병사들을 공격했습니다. 서질이 숨을 헐떡이며 도망치는데 강유가 막아섰습니다.

"서질아, 어디로 가느냐!"

강유의 칼이 그대로 서질의 가슴을 찔렀습니다. 서질이 땅으로 고꾸라지자 위나라 병사들은 모두 항복했습니다. 하후패가 강유에게 말했습니다.

"제가 나가서 사마소까지 무찔러 버리겠습니다."

하후패는 사로잡은 위나라 병사의 옷을 벗겨서 자기 부하들에게 입히고 사마소의 진지로 달려갔습니다.

"우리가 돌아왔다. 어서 문을 열어라!"

위나라 병사들은 아무 의심 없이 진지 문을 열었습니다. 하후패와 병사들은 진지 안으로 들어서며 닥치는 대로 창과 칼을 휘둘렀습니다. 위나라 병사들은 누가 적인지 모른 채 자기편끼리 싸우다 죽었습니다.

"도대체 이게 무슨 일이냐?"

당황한 사마소는 말에 올라 뒷문으로 달아났습니다. 그러고는 가까운 산 위로 도망쳤습니다. 그러자 촉나라 병사들은 산을 몇 겹으로 포위했습니다.

밤이 되자 사마소의 병사들은 산 위에 갇혀서 추위에 떨었습니다. 더군다나 산 위에는 우물이 하나도 없어서 목이 말라 죽을 지경이었습니다.

"이제 사마소는 내 손 안에 있구나."

강유가 산 위를 바라보며 말했습니다. 강유는 옛날 제갈량과 함께 사마의를 호로곡에 가두었던 일이 떠올랐습니다. 이제 강나라 군사가 오면 힘을 합쳐 사마소를 사로잡으면 됩니다.

그즈음 위나라의 옹주성을 지키는 곽회가 이 소식을 들었습니다.

"이대로 두면 사마소 장군이 죽겠구나. 먼저 강나라 군사를 항복시킨 다음 꾀를 써야겠다."

곽회는 강나라 군사가 오는 길목에 커다란 구덩이를 몇 개 파 놓고 숲 속에 숨어서 기다렸습니다.

잠시 뒤 바람처럼 달리던 강나라 병사들이 비명을 지르며 구덩이로 떨어졌습니다. 강나라의 왕 미당도 말과 함께 떨어졌습니다. 곽회는 미당을 꽁꽁 묶고 턱에 칼을 들이댔습니다.

"강유를 속여서 사마소 장군의 포위를 풀 수 있겠소?"

"그, 그렇게 하겠소."

미당이 머리를 조아렸습니다.

어두워지자 곽회는 미당을 앞세우고 강유의 진지로 갔습니다. 한 치 앞도 내다볼 수 없는 캄캄한 밤이었습니다.

미당이 소리쳤습니다.

"강유 대장군께 강나라의 왕 미당이 왔다고 알려라!"

강유와 하후패가 이 소리를 듣고 달려 나왔습니다. 그러자 강나라와 위나라 병사들이 진지 안으로 뛰어들어 마구 칼을 휘둘렀습니다.

강유와 하후패는 소스라치게 놀랐습니다.

"미당이 우리를 배신했다. 병사들은 어서 흩어져라!"

강유에게는 창도 칼도 없었습니다. 오직 허리에 찬 활뿐이었습니다. 그런데 화살이 하나도 없었습니다. 강유는 할 수 없이 어둠 속으로 말을 달렸습니다.

곽회는 강유를 뒤쫓으며 화살을 쏘았습니다. 강유는 몸을 틀며 번개같이 날아오는 화살을 붙잡았습니다. 강유는 곽회가 쏜 화살을 활시위에 메겨 힘껏 되쏘았습니다.

곽회가 그만 이마에 화살을 맞고 말에서 떨어졌습니다. 강유가 곽회의 창을 빼앗아 막 찌르려고 하는데 위나라 병사들이 몰려왔습니다.

강유는 다시 말에 뛰어올라 달아났습니다. 위나라 병사들은 강유가 두려워서 감히 뒤쫓지 못했습니다.

그날 밤 곽회는 피를 너무 많이 흘린 나머지 죽었습니다.

하지만 사마소는 그 사이에 포위가 풀려서 산 위에서 내려올 수 있었습니다.

날이 밝자 강유는 흩어진 병사들을 모았습니다. 다행히 하후패도 무사했습니다. 강유가 병사들을 헤아려 보니 죽거나 다친 병사가 너무 많았습니다.

강유는 군사를 이끌고 다시 한중으로 돌아갔습니다. 강유는 낙엽이 날리는 길을 걸으며 가슴을 쳤습니다.

"머지않아 다시 싸우러 올 것이다."

강유의 두 번째 싸움도 실패로 끝났습니다. 하지만 혼자서 서질과 곽회 두 장수를 죽였습니다. 이제 위나라는 강유가 무서운 장수란 걸 알게 되었습니다.

강유가 떠나자 사마소도 낙양으로 돌아갔습니다. 그 뒤 세 나라에는 언제 깨질지 모르는 불안한 평화가 찾아왔습니다.

위나라의 평화는 특히 위태로웠습니다. 사마사와 사마소 형제가 제멋대로 나라를 다스렸기 때문입니다.

황제 조방은 허수아비나 마찬가지였고, 신하들도 두 형제를 두려워했습니다. 두 형제는 나라와 황제를 위해 일하라는 아버지 사마의의 유언도 까맣게 잊었습니다.

하루는 위나라 황제 조방이 용상에 앉아서 책을 읽고 있었습니다. 그때 사마사가 칼을 차고 들어왔습니다. 조방은 자리에서 일어나 사마사에게 허리를 굽혔습니다. 그러자 사마사가 껄껄 웃었습니다.

"어찌 황제가 신하에게 인사를 하시오?"

사마사는 조방에게 인사도 제대로 하지 않고 횡 하니 밖으로 나갔습니다.

조방은 주위를 둘러보았습니다. 겨우 신하 세 사람이 있을 뿐이었습니다. 촉나라로 간 하후패의 아우 하후현, 부인 장황후의 아버지 장즙, 충성스런 신하 이풍이었습니다. 조방은 장인인 장즙에게 하소연했습니다.

"사마사가 이렇게 나를 업신여기니 어쩌면 좋겠소?"

조방이 눈물을 뚝뚝 흘리자 장즙은 주먹을 불끈 쥐었습니다. 다른 두 신하도 분해서 어쩔 줄을 몰랐습니다.

"폐하, 제가 목숨을 걸고 저 역적놈을 없애겠습니다."

"사마사의 힘이 하늘을 찌르는데 어떻게 없앤단 말이오?"

"폐하께서 글을 써 주시면 여러 장군들과 힘을 모아 보겠습니다."

"그대들이 도와준다면 기꺼이 글을 써 주겠소."

조방은 손가락을 깨물어 피로 글을 썼습니다.

　충신들은 보시오.

　못된 사마사 형제가 감히 황제 자리까지 넘보고 있소. 나
는 이 역적들을 용서할 수 없소. 여러 충신들은 부디 힘을
합쳐 역적을 몰아내 주시오.

조방은 피로 쓴 편지를 장즙에게 건넸습니다.

"그대들은 비밀이 새지 않도록 조심하시오."

장즙은 편지를 품속 깊이 간직했습니다. 세 사람이 대궐
문을 막 나설 때였습니다. 마침 사마사가 부하들을 거느리
고 돌아왔습니다. 사마사가 보니 세 사람의 눈이 너무 울
어서 붉어져 있었습니다.

'이놈들이 황제와 함께 울면서 나를 헐뜯었구나.'

사마사는 눈을 부릅뜨고 물었습니다.

"그대들은 황제와 함께 무슨 일을 꾸미고 나오시오?"

"폐하와 함께 글을 읽다 오는 길이오."

"네놈들의 눈이 아직도 시뻘건데 어디서 뻔한 거짓말을
하느냐?"

그러자 하후현은 너무나 괘씸한 생각이 들었습니다.

"그렇다. 우리는 네놈이 하는 짓이 분해서 울었다."

하후현은 맨주먹으로 사마사에게 달려들었습니다. 그러자 사마사의 부하들이 세 사람을 에워쌌습니다.

부하들이 세 사람의 몸을 뒤지자 장즙의 몸에서 비밀 편지가 나왔습니다. 사마사는 황제가 쓴 편지를 읽으며 부들부들 떨었습니다.

사마사는 세 사람을 거리로 끌어냈습니다. 그들의 가족들도 모조리 끌려 나왔습니다.

"역적들아, 하늘이 무섭지 않느냐!"

세 사람은 숨이 끊어질 때까지 사마사를 꾸짖었습니다. 이들의 모습을 보고 울지 않는 사람이 없었습니다.

분이 풀리지 않은 사마사는 칼을 뽑아 들고 조방의 방으로 뛰어들었습니다. 조방은 부인 장황후와 이야기를 나누다 놀라서 벌떡 일어났습니다.

사마사는 비밀 편지를 바닥으로 던지며 험악한 목소리로 말했습니다.

"이 편지가 장황후의 아비 몸에서 나왔소. 역적의 딸을 살려 둘 수 없소."

그러자 조방이 무릎을 꿇고 울며 살려 달라고 빌었습니다. 그러나 사마사는 기어코 장황후를 끌고 나가 죽였습니다.

예전에 조조도 헌제의 부인을 죽였습니다. 그런데 지금은 사마사가 조방의 부인을 죽였습니다. 조조가 한 짓을 조조의 자손이 똑같이 당한 것입니다. 사람들이 한마디씩 중얼거렸습니다.

"죄는 조조가 저지르고 벌은 자손이 받았어."

"그러게 말이야. 콩 심은 데 팥이 나겠어?"

"그러면 언젠가는 사마사의 자손도 벌을 받겠구먼."

백성들은 사마사 형제를 비웃었습니다. 사마사는 신하들을 궁궐로 불렀습니다.

"황제가 죄 없는 우리 형제를 죽이려 했으니 내쫓아 버리겠소. 새 황제를 맞이하려고 하는데 그대들의 생각은 어떻소?"

신하들은 두려워서 아무 말도 하지 못했습니다.

"반대하는 사람이 없으니 내 뜻대로 하겠소."

사마사는 조방을 멀리 시골로 내쫓고 조방의 가까운 친척 조모를 새 황제로 데려왔습니다.

조모도 조방처럼 조조의 증손자입니다. 조모는 시골에서 조용히 살고 있었는데 마음이 어질고 똑똑해서 사람들에게 널리 칭송을 받았습니다.

조모는 위나라의 네 번째 황제가 되었습니다. 사마사는 스스로 승상과 대장군이 되었습니다.

사마사는 새 황제 조모도 허수아비로 여겼습니다. 항상 큰 칼을 차고 궁궐을 휘젓고 다녔습니다. 이 모습을 보고 조모는 마음속으로 생각했습니다.

'언젠가는 저 역적을 몰아내고 말 테다.'

똑똑한 조모는 굳게 다짐하며 참고 견뎠습니다. 얼마 지나지 않아 좋은 기회가 찾아왔습니다.

사마사는 태어날 때부터 왼쪽 눈 아래에 큼지막한 혹이 하나 있었습니다. 그런데 날이 갈수록 커지더니 마침내 어린애 주먹만큼 자라서 몹시 아팠습니다. 사마사는 의원을 불러 혹을 떼어 내는 수술을 받았습니다.

"백 일 동안 푹 쉬십시오. 상처가 터지면 위험합니다."

사마사는 얼굴을 찡그리며 고개를 끄덕였습니다.

어느 날, 부하 종회가 사마사에게 달려왔습니다.

"대장군, 지금 남쪽의 여러 장군들이 대장군께서 맘대로 황제를 바꾸었다며 들고일어났습니다."

사마사는 놀라서 벌떡 일어나다 얼굴을 감싸 쥐며 쓰러졌습니다. 수술한 상처가 터져 버린 것입니다. 사마사는 누운 채 종회에게 말했습니다.

"어서 등애와 함께 반란군을 막으시오."

사마사는 아픈 몸으로 종회와 등애를 앞세우고 남쪽으로 떠났습니다. 종회와 등애는 뛰어난 장수였습니다. 촉나라로 간 하후패도 강유에게 이 두 사람을 조심하라고 말한 적이 있습니다.

반란은 오나라에서 가까운 수춘성에서 일어났습니다. 사마사는 수춘성으로 달려갔지만 상처가 쑤시고 아파서 진지에 누워 있었습니다. 어느 깊은 밤이었습니다.

"반란군이 진지로 쳐들어왔습니다."

사마사는 놀라서 벌떡 일어났습니다. 그러자 얼굴의 상처가 또 터지면서 피가 솟구쳤습니다. 사마사는 비명을 지르며 이불 위로 쓰러졌습니다. 사마사는 병사들이 놀랄까 봐 이불을 물어뜯으면서 아픔을 참았습니다.

종회와 등애는 반란군을 물리치고 수춘성까지 되찾았습니다. 그러나 승리하고 돌아왔을 때 사마사는 이미 정신을 잃고 있었습니다. 동생 사마소가 소식을 듣고 와서 눈물을 흘렸습니다. 사마사는 겨우 동생을 알아보더니 말했습니다.

"내가 죽거든 네가 승상과 대장군이 되어라. 결코 남을 믿어서는 안 된다."

마침내 사마사는 숨을 거두었습니다. 조모가 황제가 된 이듬해 봄이었습니다. 조모는 크게 기뻐했습니다.

"역적이 죽었으니 이제 위나라에 평화가 오겠구나."

조모는 사마소에게 신하를 보내 명령을 내렸습니다.

"사마소는 수춘성에 남아서 오나라를 막도록 해라."

조모는 사마소를 낙양으로 돌아오지 못하게 할 생각이었습니다. 그러나 사마소는 형이 죽자 군사를 이끌고 낙양으로 달려왔습니다.

"형님이 돌아가시면서 나한테 모든 일을 맡겼소."

조모는 어쩔 수 없이 사마소를 승상과 대장군으로 삼았습니다. 이제 위나라는 사마소가 다스리게 되었습니다. 사마소는 형 사마사처럼 나랏일을 제멋대로 하고 황제를 우습게 알았습니다.

한편, 강유는 사마사가 죽자 하후패와 위나라를 치기로

했습니다. 용맹한 장수 요화와 장익도 뒤따랐습니다. 강유가 세 번째로 나선 싸움입니다. 이번에도 기산을 지나 남안성을 빼앗기로 했습니다.

촉나라 군사는 남안성에서 가까운 조수라는 강에 이르렀습니다. 지난번 강유에게 죽은 곽회 대신 왕경이 위나라 서쪽 땅을 지키고 있었습니다. 하지만 왕경은 곽회만큼 용맹하지는 않았습니다.

"우리는 강을 등지고 진지를 세우기로 하겠소."

강유의 말에 하후패와 장수들이 몹시 놀랐습니다.

"뒤에 강이 있으면 위험할 때 물러날 길이 없지 않습니까?"

"물러날 곳이 없어야 병사들이 목숨을 바쳐 싸울 게 아니오?"

강유의 의지는 이처럼 굳건했습니다.

"하후 장군은 군사를 데리고 숨어 있다가 적이 오거든 뒤에서 공격하시오."

하후패가 곧 군사를 거느리고 떠났습니다.

위나라의 왕경은 강유의 군사가 강을 등지고 있는 것을 보고 기뻐했습니다.

114

"강유가 아예 죽고 싶은 모양이구나."

왕경은 군사를 모조리 거느리고 촉나라 진지로 쳐들어 갔습니다. 왕경이 부하들에게 소리쳤습니다.

"적을 모조리 차가운 강물 속에 빠뜨려 버리자!"

위나라 병사들이 함성을 내지르며 달려들었습니다. 강유와 촉나라 병사들은 강변 쪽으로 물러났습니다.

어느덧 강변에 이르자 더 이상 물러설 곳이 없었습니다. 촉나라 병사들은 잔뜩 겁을 먹고 어쩔 줄을 몰랐습니다. 너무나 두려운 나머지 강물로 뛰어드는 병사도 있었습니다. 강유는 창을 높이 치켜들며 병사들에게 소리쳤습니다.

"강물에 빠져 죽느니 목숨을 걸고 적과 싸워 보자!"

이 말에 병사들은 큰 힘을 얻었습니다.

"어차피 물에 빠져 죽을 테니 차라리 싸우다가 죽자!"

"그래, 죽기 아니면 살기다!"

촉나라 병사들은 있는 힘을 다해 창과 칼을 움켜쥐었습니다. 병사들의 눈은 용기로 빛났습니다.

"와아아아!"

촉나라 병사들은 하늘을 찌를 듯한 함성을 지르며 적에게 달려들었습니다. 뒤에 숨었던 하후패도 군사를 이끌고 나타났습니다.

위나라 군사는 창과 칼에 수없이 찔렸습니다. 강물에 빠져 죽는 병사도 많았습니다. 촉나라 군사는 이날 큰 승리를 거두었습니다.

왕경은 죽을힘을 다해 적도성으로 도망친 뒤 성문을 굳게 닫아걸었습니다. 낙양에서 사마소가 이 소식을 듣고 등애를 불렀습니다. 등애는 분을 바른 것처럼 하얀 얼굴에 입술은 매우 붉었습니다. 연약하게 보였지만 무예가 뛰어나고 꾀가 많은 사람이었습니다.

"그대가 아니고서는 강유를 물리칠 수 없겠소."

등애는 군사를 이끌고 적도성으로 달려갔습니다. 그러나 이미 강유가 적도성을 겹겹이 에워싸고 있었습니다. 등애는 촉나라 군사가 용맹한 것을 알고 크게 놀랐습니다.

'우리 군사는 먼 길을 달려와서 지쳐 있으니 맞서 싸우면 안 되겠구나.'

등애는 장수들에게 작전 명령을 내렸습니다.

"우리 병사들 가운데 날쌘 사람을 골라내라. 그래서 오십 명씩 나누어 스무 무리로 만들어라."

등애는 무리마다 커다란 깃발을 만들어 들게 했습니다.

깃발마다 모두 똑같은 글씨로 '위나라 장군 등애' 라고 썼습니다.

"너희는 이곳저곳에 숨어 있다가 차례로 나타나서 강유를 놀라게 해라. 그러다 강유가 뒤쫓거든 맞서 싸우지 말고 그저 도망치기만 해라."

등애의 병사들이 깃발을 들고 곳곳에 숨었습니다.

강유는 등애가 온 줄도 모르고 여전히 적도성을 에워싸고 있었습니다. 며칠 동안 성을 공격했지만 왕경의 군사는 끄떡도 하지 않았습니다. 기다리다 지친 강유가 진지 안에서 쉬고 있는데 한 병사가 말했습니다.

"뒤에서 적이 나타났습니다. 깃발을 보니 등애의 군사입니다."

곁에 있던 하후패가 소스라치게 놀라며 말했습니다.

"등애는 종회와 함께 위나라에서 가장 뛰어난 사람입니다."

하지만 강유는 빙그레 웃었습니다.

"그런 애송이가 뭐가 두렵소? 등애의 군사는 먼 길을 와서 지쳤을 테니 쉴 틈을 주지 말고 물리쳐 버립시다."

강유는 하후패와 함께 군사를 거느리고 달려 나갔습니

다. 강유가 앞장서서 창을 들고 달려들자 적들은 숲 속으로 달아나 버렸습니다. 뒤쫓다가 지친 강유는 잠깐 쉬기로 했습니다.

그런데 멀리 언덕 위로 다시 적들이 나타났습니다. 적은 붉은 깃발을 앞세우고 북을 치며 함성을 질렀습니다.

"등애가 저기 있군. 어서 나를 따르라."

강유는 쉬지도 못하고 언덕 위로 달렸습니다. 하지만 이번에도 적은 감쪽같이 사라져 버렸습니다.

등애의 군사는 강유에게 쉴 틈을 주지 않았습니다. 이곳저곳에서 나타났다가 강유가 뒤쫓으면 슬그머니 도망쳐 버렸습니다. 마침내 강유와 촉나라 군사는 지칠 대로 지쳤습니다.

"등애는 귀신이냐? 어떻게 금방 나타났다 사라진단 말이냐."

이 말이 끝나기도 전에 건너편 산 위에서 북소리와 함성이 일어났습니다.

"방금 이쪽에 있던 등애가 언제 저쪽 산 위로 올라갔지? 아무래도 적들이 엄청 많은 것 같다. 어서 안전한 곳으로 물러나자."

　강유는 군사를 이끌고 한중으로 돌아갔습니다. 이렇게
등애는 꾀를 써서 겨우 천 명의 병사로 강유를 물리쳤습니
다. 강유는 한중성에 와서야 속은 걸 알았습니다.

　"깃발과 북소리 따위에 속다니. 그렇다면 이대로 물러설
수야 없지."

얼마 뒤 강유는 네 번째 싸움에 나섰습니다.

강유를 물리친 등애는 왕경과 함께 기산에 진지를 세웠습니다.

"강유는 반드시 기산으로 옵니다. 나는 기산을 지키며 남안성으로 가는 길을 터놓겠소."

"그럼 남안성은 누가 지킵니까?"

왕경이 묻자 등애가 웃으며 대답했습니다.

"일부러 그러는 것이오. 남안성으로 가는 길에 단곡이라는 골짜기가 있소. 거기에 군사를 숨기고 강유를 사로잡을 생각이오."

한중을 떠난 강유는 다시 기산으로 나아가고 있었습니다. 그런데 기산에 이르러 보니 길이란 길은 모두 등애의 군사가 가로막고 있었습니다.

"등애는 내가 이리로 올 줄을 이미 알고 있었구나."

강유가 놀라며 하후패를 보고 말했습니다.

"장군이 여기 남아서 등애를 속이시오. 깃발을 많이 세워서 우리가 여기에 다 있는 것처럼 해야 합니다. 나는 남안성을 빼앗으러 가겠소."

하후패가 고개를 끄덕였습니다. 강유는 밤새 말을 달려

남안성으로 떠났습니다.

날이 밝을 무렵 강유 군사는 어느 골짜기에 이르렀습니다. 골짜기는 길이 험하고 좁고 양쪽이 깎아지른 듯한 절벽이었습니다. 강유는 길을 가다가 문득 병사에게 물었습니다.

"여기가 어디냐?"

"단곡이라고 합니다."

"이런 데서 적을 만나면 우리는 독 안에 든 쥐겠구나."

이때 앞에서 한 병사가 소리쳤습니다.

"앞에서 적이 오고 있는 것 같습니다."

강유가 크게 놀라며 뒤로 돌아서자 이번에는 뒤따르던 병사가 외쳤습니다.

"대장군, 뒤에서 적들이 달려오고 있습니다."

기다렸다는 듯이 화살과 돌이 날아오기 시작했습니다. 촉나라 병사들은 정말로 독 안에 든 쥐가 되고 말았습니다. 말들이 놀라서 날뛰자 병사들이 땅에 떨어져 말발굽에 짓밟혔습니다.

"내가 등애를 하찮게 여겼다가 여기서 죽는구나!"

강유가 한숨을 내쉬는데 멀리서 하후패가 창을 휘두르

며 달려왔습니다.

"대장군, 제가 구하러 왔습니다!"

강유와 하후패는 포위를 뚫고 정신없이 달아났습니다. 등애의 군사가 줄기차게 뒤쫓았습니다. 강유는 촉나라 땅에 들어와서야 겨우 쉴 수 있었습니다.

"사마의가 죽으니 곽회가 나타나고, 곽회가 죽으니 또 등애가 나타났구려. 등애야말로 무서운 적수요."

강유는 잔뜩 풀이 죽어 한중으로 돌아갔습니다.

등애는 위나라 서쪽을 지키며 그대로 머물렀습니다. 이제 위나라와 촉나라의 싸움은 등애와 강유의 싸움이 되었습니다.

강유와 등애의 지략 싸움

"등애와 종회가 있으니 머지않아 촉나라는 내 땅이 될 것이다."

사마소가 즐거워하자 신하들이 아첨을 떨었습니다.

"그 전에 승상께서 먼저 황제가 되셔야 합니다."

사마소 역시 당장이라도 황제가 되고 싶었습니다. 하지만 백성들의 눈이 두려워 기회만 엿보고 있었습니다.

"두고 봐라. 위나라는 곧 사마씨의 나라가 될 것이다."

조조가 세운 위나라는 남의 손에 넘어가고 있었습니다. 그건 황제가 황제답지 못했기 때문입니다. 조조의 손자 조예는 황제가 되어서 노는 일에만 정신을 팔았습니다. 그래서 나중에 사마소 같은 간신의 힘이 커진 것입니다.

그런데 촉나라에서도 그런 일이 일어나기 시작했습니다. 촉나라는 오랫동안 제갈량과 강유가 잘 지켜 낸 덕분에 늘 평화로웠습니다. 그렇게 삼십여 년이 흐르자 황제 유선은 조금씩 나랏일에 게을러졌습니다.

유선이 노는 일에 정신을 뺏기자 주위에 간신들이 늘어났습니다. 그 가운데 황호라는 내시는 달콤한 말로 유선을 꾀었습니다.

"나라가 평화로우니 아무 걱정 마시고 즐기십시오."

황호는 이렇게 말하며 매일같이 잔치를 열었습니다. 나라를 걱정하는 충성스런 신하들이 백성들을 돌보라고 간곡하게 말했지만, 유선은 황호의 말만 들었습니다.

황호는 원래 황제의 심부름을 하는 내시입니다. 하지만 유선이 믿고 아끼니 다른 어떤 신하보다도 힘이 커져서 나랏일은 이제 황호가 도맡게 되었습니다.

이때 강유는 한중에서 열심히 군사를 훈련시키고 군량을 모으고 있었습니다. 강유는 위나라를 물리쳐 천하 통일의 꿈을 이루려는 생각밖에 없었습니다. 그래서 성도에서

무슨 일이 벌어지고 있는지는 전혀 몰랐습니다.

'군사가 많아도 좋은 장수가 없으면 쓸모가 없지.'

강유는 부첨과 장서라는 두 장수를 뽑아 공명에게 배운 대로 가르쳤습니다. 둘 다 늠름하고 용맹했습니다.

몇 년 동안 힘을 기른 강유는 유선에게 싸우러 나가겠다는 글을 올렸습니다. 그런데 초주가 강유를 찾아와 반대했습니다. 초주는 제갈량이 살아 있을 때부터 충성스런 신하였습니다.

"폐하께서는 황호와 더불어 노는 일에만 빠져 계시오. 지금은 싸우는 것보다 나라 안을 굳게 지킬 때요."

"그럴수록 싸워야 합니다. 저는 밖에서 적을 무찌를 테니 여러분이 폐하를 잘 모시도록 하십시오."

강유는 이렇게 다섯 번째 싸움에 나섰습니다. 황제는 게을렀지만 대장군은 오직 나라만을 생각했습니다.

"위나라 서쪽 땅으로 나아가 먼저 장성을 빼앗겠다."

장성은 위나라의 군량을 쌓아 두는 성입니다. 촉나라 군사는 장성을 물샐틈없이 포위했습니다.

장성을 지키는 위나라 장수가 창을 쥐고 달려 나왔습니다. 그러자 강유의 곁에 있던 부첨이 달려 나갔습니다.

“대장군은 그냥 계십시오. 제가 상대하겠습니다.”

부첨은 말 위에서 기다란 쇠막대기를 휘둘렀습니다. 부첨의 무기는 창 대신 쇠막대기입니다. 그런데 맞서 싸우던 부첨이 먼저 지쳐서 주춤주춤 물러났습니다.

그러자 위나라 장수가 창으로 부첨을 찌르려고 했습니다. 그 순간 부첨은 재빨리 몸을 틀어 위나라 장수를 사로잡았습니다. 그러고 강유에게 소리쳤습니다.

“제가 거짓으로 지친 척했습니다. 걱정 마십시오.”

부첨은 사로잡은 장수를 옆에 끼고 돌아왔습니다.

강유는 병사들을 이끌고 장성으로 달려들며 소리쳤습니다.

“불화살과 화약을 성안으로 쏘아라!”

장성은 금세 불바다가 되었습니다. 성안은 비명과 울부짖는 소리로 가득 찼습니다. 그때 갑자기 촉나라 군사의 뒤쪽에서 함성이 일어났습니다.

“강유야, 등애가 여기 왔다!”

강유는 등애라는 말을 듣자 머리털이 쭈뼛 일어섰습니다. 듣던 대로 얼굴이 하얗고 입술이 붉은 등애가 앞장서서 달려왔습니다. 강유와 등애는 거리를 두고 마주 섰습니다.

‘우리 군사가 지쳤으니 지금 등애와 싸우면 안 된다.’

강유는 이렇게 생각하며 등애에게 크게 외쳤습니다.

“오늘에야 너를 보는구나. 우리 내일 만나서 어디 한번 겨루어 보자.”

이 말에 등애도 칼을 내리며 생각했습니다.

‘우리 군사가 얼마 되지 않으니 지금 싸우면 크게 질 것이다.’

등애도 얼른 대꾸했습니다.

“좋다. 내일 다시 만나자.”

강유가 군사를 거느리고 물러나자 등애도 장성 안으로 들어갔습니다. 등애는 성안의 불을 끄고 장수들을 불러 모았습니다.

“강유와 내일 싸우기로 약속했지만 우리는 성만 굳게 지키며 적의 군량이 떨어지기를 기다리자.”

등애는 밤새 무너진 성벽을 고쳐 쌓았습니다. 이튿날, 강유가 오자 성문 위에서 위나라 병사가 말했습니다.

“등애 장군께서 몸이 아프니 내일 싸우자고 합니다.”

“좋다. 대장부의 약속이니 내일은 꼭 약속을 지켜라.”

그러나 다음 날도 등애는 몸이 아프다며 나오지 않았습

니다. 그렇게 며칠이 흘렀습니다.

마침내 촉나라의 군량이 떨어지기 시작했습니다. 군량이 많은 위나라 군사는 편히 쉬면서 배불리 먹었습니다. 등애도 마음 놓고 쉬면서 병사 몇 사람을 불렀습니다.

"촉나라 병사로 변장하고 적의 진지로 들어가라. 그리고 사마소 장군이 대군을 이끌고 이리로 온다고 소문을 퍼뜨려라."

병사들은 밤을 틈타 성 밖으로 나갔습니다.

강유는 싸워 보지도 못하고 군량만 떨어지자 애가 탔습니다. 그런데 병사들 사이에서 이상한 소문이 떠돌았습니다.

"사마소가 백만 대군을 이끌고 온대."

병사들은 겁에 질려 술렁거렸습니다. 강유도 이 소문을 듣고 깜짝 놀랐습니다.

'등애가 사마소를 기다리고 있었구나.'

강유는 거짓 소문을 믿고 군사를 나누어 한중으로 돌아갔습니다. 한중으로 돌아간 뒤에야 등애에게 속은 것을 알았습니다.

"촉나라를 위해서는 반드시 꾀 많은 등애를 없애야겠구나."

강유의 다섯 번째 싸움도 어이없이 끝났습니다.

촉나라와 위나라가 싸우는 동안 오나라도 평화롭지만은 않았습니다. 황제가 된 손양이 너무 어려서 대장군 손침이 나랏일을 보았습니다.

그런데 손침은 성질이 몹시 고약하고 사나웠습니다. 아랫사람이 조금만 마음에 들지 않아도 함부로 죽였습니다.

어린 황제 손양은 충신들과 함께 손침을 내쫓을 기회를 엿보았습니다. 하지만 손침이 먼저 그것을 알아채고 말았습니다.

"내가 저를 돌보고 있는데 감히 나를 내쫓아?"

손침은 부하들을 이끌고 궁궐로 쳐들어가서 손양을 내쫓고 손양의 동생 손휴를 새 황제로 삼았습니다. 손휴는 오나라를 세운 손권의 여섯 번째 아들입니다. 비록 나이는 어리지만 영리했습니다.

'손침을 이대로 두면 나도 형처럼 무사하지 못해.'

손휴는 몰래 충신들을 만나서 손침을 물리쳐 달라고 했습니다. 충신들 가운데 정봉이 앞장섰습니다. 정봉은 장포라는 장수를 불러서 일을 꾸몄습니다.

"잔치를 열고 손침을 불러서 없애도록 합시다."

정봉은 궁궐에서 큰 잔치를 열고 손침을 초대했습니다. 손침은 의기양양하게 궁궐로 들어왔습니다. 황제 손휴가 용상에서 일어나 손침에게 허리를 굽혔습니다.

"대장군께서 저보다 어른이시니 용상에 오르십시오."

손침은 당연하다는 듯이 헛기침을 하며 용상에 앉았습니다. 손휴가 술을 따랐습니다. 손침은 연거푸 몇 잔을 마시고 기분 좋게 취했습니다. 그때 밖에 있던 장포가 칼을 빼들고 뛰어들었습니다.

"역적 손침아, 어디 감히 용상에 앉느냐!"

병사들도 달려들어 손침을 꽁꽁 묶어 버렸습니다.

"폐하, 제발 목숨만 살려 주시면 시골에 가서 농사나 짓고 살겠습니다."

손침이 매달리자 손휴는 눈을 부릅뜨며 꾸짖었습니다.

"역적이 어디서 입을 놀리느냐. 저놈의 목을 베어라!"

이렇게 손침의 무리는 모조리 죽임을 당했습니다.

손휴는 정봉과 장포에게 높은 벼슬을 내렸습니다. 그리고 신하 한 사람을 촉나라에 보냈습니다.

"촉나라 황제에게 가서 앞으로 잘 지내자고 하시오."

얼마 뒤 신하가 촉나라에서 돌아왔습니다.

"요즘 촉나라는 어떻소?"

"황호라는 내시가 나랏일을 제멋대로 하고 있습니다. 충신은 없고 간신들만 날뛰고 있습니다. 또 백성들은 너나 할 것 없이 황제를 원망하고 있습니다."

"촉나라가 위태롭구나. 제갈량이 살아 있다면 그렇게 되지는 않았을 텐데……."

손휴는 다시 한중의 강유에게 신하를 보냈습니다.

"촉나라가 망하면 우리도 위태롭소. 강유 대장군에게 가서 우리와 함께 위나라를 막아 내자고 하시오."

강유는 손휴의 말을 전해 듣고 무릎을 쳤습니다.

"오나라의 황제는 어리지만 총명하구나. 오나라가 돕는다니 나도 우리 촉나라의 힘을 보여 주겠다."

강유는 하후패와 함께 군사를 거느리고 제갈량이 여섯 번이나 나아간 기산으로 갔습니다. 기산을 지나야 위나라 서쪽 땅으로 쉽게 갈 수 있기 때문입니다.

기산 근처에 머물던 위나라의 등애는 강유가 왔다는 말을 듣고 껄껄 웃었습니다.

등애는 강유가 기산으로 올 줄을 짐작하고, 강유가 진지를 세울 만한 곳을 미리 눈여겨봐 두었습니다. 그런 다음

자기네 진지에서 그곳까지 땅굴을 파 놓았습니다.

과연 강유는 등애가 눈여겨봐 둔 곳에 진지 하나를 세웠습니다. 강유는 아무것도 모르고 명령을 내렸습니다.

"적이 언제 쳐들어올지 모르니 잘 때도 갑옷을 벗지 마라."

초겨울의 밤이 깊었습니다. 살을 에는 듯한 바람이 세차게 불었습니다. 등애는 병사들을 깨웠습니다.

"한쪽 병사들은 땅굴 속으로 들어가고, 나머지는 밖에서 적을 공격한다."

위나라 군사는 개미 떼처럼 촉나라의 진지로 다가갔습니다. 촉나라의 병사들은 세상모르고 자다가 요란한 북소리에 놀라서 깨어났습니다. 진지 안팎에서 위나라 군사가 나타나 거침없이 창과 칼을 휘둘렀습니다.

하지만 잠을 깬 촉나라 병사들도 품고 자던 무기를 들고 맞섰습니다. 강유가 말을 타고 달려오며 소리쳤습니다.

"한 걸음도 물러서지 마라. 활을 가진 병사들은 활을 쏘아라!"

날이 밝을 때까지 양쪽 군사는 한 치의 양보도 없이 싸웠습니다. 촉나라 병사들은 조금도 물러서지 않았습니다.

오히려 위나라 병사들이 위태로웠습니다. 결국 등애는 군사를 이끌고 달아났습니다.

"촉나라 병사들이 갑옷을 입은 채 무기를 껴안고 잘 줄은 몰랐다. 강유는 훌륭한 대장이구나."

등애는 혀를 내두르며 강유를 칭찬했습니다.

강유는 등애가 판 땅굴을 돌과 흙으로 덮고 다시 싸우러 나갔습니다. 기산의 넓은 벌판에서 촉나라와 위나라의 군사가 다시 맞섰습니다.

강유는 미소를 지으며 말했습니다.

"등애야, 내가 우리 스승의 가르침을 보여 주겠다."

촉나라 병사들이 활 모양으로 늘어서서 등애의 군사를 에워쌌습니다. 그리고 활을 쏘고 창을 휘두르며 위나라 군사를 크게 무찔렀습니다.

등애는 장수들과 함께 포위를 뚫으려고 안간힘을 썼습니다. 하지만 사방이 막혀서 도망칠 길이 없었습니다. 강유는 허겁지겁 달아나는 등애를 보고 소리쳤습니다.

"이게 바로 우리 스승이 가르쳐 주신 팔진법이다!"

이 말을 들은 등애는 온몸을 부르르 떨었습니다.

이때 등애를 도우려고 서쪽에서 한 떼의 위나라 군사가

달려왔습니다. 등애는 겨우 위수 강변으로 도망친 뒤 새로 진지를 세웠습니다.

"강유는 역시 제갈량의 제자답다. 하지만 나도 사마의의 제자다."

등애는 부하 사마망을 불렀습니다.

"강유를 불러내서 싸워라. 나는 뒤로 돌아가서 강유의 진지를 빼앗겠다."

사마망이 나가자 등애는 나머지 군사를 이끌고 강유의 진지로 쳐들어갔습니다. 사마망이 강유에게 싸움을 걸자 강유는 적을 살펴보고 빙그레 웃었습니다.

"등애가 잔꾀를 쓰는구나. 적이 절반밖에 오지 않았으니 나머지는 우리 뒤로 쳐들어올 게 틀림없다."

강유는 요화와 장익에게 조용히 말했습니다.

"두 장군은 등애가 올 길목에 숨어 있도록 하시오."

강유는 싸움을 거는 사마망에게 달려들었습니다.

"등애는 어디 갔느냐?"

"등애 장군은 너 따위와는 싸우지 않는다."

"등애가 내 뒤로 오는 줄 다 알고 있는데 어디서 거짓말을 하느냐!"

그러자 사마망은 소스라치게 놀라며 달아났습니다.

등애는 몰래 산길로 오고 있었습니다. 등애의 군사가 산모퉁이를 막 돌아 나가려고 하는데 갑자기 요화의 군사가 나타났습니다. 뒤에서는 장익이 군사를 거느리고 달려들었습니다.

"내 꾀에 내가 빠졌구나."

등애는 군사를 되돌려 정신없이 도망쳤습니다. 촉나라 병사들은 마음껏 창과 칼을 휘둘렀습니다.

"으윽!"

도망치던 등애가 갑자기 비명을 내지르며 휘청거렸습니다. 등애의 몸에는 네 개의 화살이 박혀 있었습니다.

등애는 겨우 정신을 차리고 자리에 누운 채로 사마망에게 물었습니다.

"어떻게 하면 강유를 물리칠 수 있겠소?"

사마망이 눈빛을 빛내며 말했습니다.

"촉나라 황제는 내시 황호만을 믿는다고 합니다. 황호는 황금과 보석을 좋아하니 그 사람을 이용하십시오."

"맞아, 그런 꾀가 있었군!"

등애는 곧 병사 한 사람을 불렀습니다.

"너는 성도의 황호에게 가서 황금을 건네고, 강유가 위나라에 항복하려 한다고 소문을 퍼뜨리게 해라."

병사는 황호에게 가서 등애가 시킨 대로 했습니다. 욕심 많은 황호는 커다란 황금 덩어리를 보자 그만 넋을 잃고 말았습니다.

얼마 뒤 성도에서는 강유가 위나라에 항복하려고 한다는 소문이 돌았습니다. 유선이 놀라자 황호가 말했습니다.

"강유가 위나라에 항복하기 전에 성도로 부르십시오."

이때 기산에 있던 강유는 마지막으로 등애를 공격하려 하고 있었습니다. 승리가 눈앞에 있었습니다. 그런데 황제가 보낸 사람이 찾아왔습니다.

"폐하께서 대장군을 부르십니다."

"승리를 눈앞에 두고 있는데 왜 부르신단 말이오?"

강유는 몹시 아쉬워하며 한중으로 돌아갔습니다. 승리는 물거품이 되고 말았습니다.

제갈량이 살아 있을 때에도 사마의가 이런 속임수를 쓴 일이 있었습니다. 그런데 사마의의 제자 등애가 똑같은 속임수를 쓴 것입니다. 강유의 여섯 번째 싸움 역시 너무나 어이없게 끝났습니다.

강유는 성도로 가서 황제를 만났습니다.

"폐하, 무슨 일로 저를 부르셨습니까?"

"대장군이 돌아오지 않아 걱정이 되어 불렀소."

황제는 말을 얼버무렸습니다.

"폐하께서는 등애의 속임수에 넘어가셨습니다."

유선은 입을 다물고 아무 말도 하지 않았습니다.

"저는 나라를 위해 목숨을 바치려고 합니다. 폐하께서는 간신의 말만 믿고 저를 의심하지 마십시오."

유선은 한동안 말이 없다가 겨우 대꾸했습니다.

"앞으로는 대장군을 의심하지 않겠소. 한중으로 돌아가 다시 위나라와 싸울 준비를 하시오."

강유는 슬픈 얼굴로 한중으로 돌아갔습니다.

한편, 강유가 물러가자 등애는 매우 기뻐했습니다.

"임금이 신하를 믿지 못하니 촉나라는 곧 망할 것이다."

낙양에 있는 사마소도 크게 기뻐했습니다.

"어서 천하를 통일하여 황제가 되고 싶구나. 내가 황제가 되어 나라를 세우면 진나라라고 부르겠다."

사마소는 황제가 되기 전에 먼저 왕이 되고 싶었습니다. 그래서 스스로를 진왕이라고 했습니다. 황제 조모는 분해서 어쩔 줄을 몰랐습니다.

"이 역적을 기필코 내 손으로 없애고야 말겠다."

조모는 겨우 병사 수백 명을 거느리고 궁궐을 나섰습니다. 그때 신하 왕경이 조모를 말렸지만 조모는 듣지 않았습니다.

왕경은 등애가 나타나기 전까지 위나라 서쪽 땅을 지킨 장군입니다. 왕경은 오래전부터 황제를 받드는 충신이었습니다.

"사마소를 죽이지 못하면 차라리 내가 죽겠소."

조모는 가마에 올라 병사들과 함께 밖으로 나갔습니다. 사마소가 이 소식을 듣고 성제와 성쉬라는 두 형제 장수를 불렀습니다.

"너희가 가서 조모를 죽여라."

성제와 성쉬 형제는 궁궐 앞에서 조모와 마주쳤습니다. 조모가 가마 위에서 호령했습니다.

"너희가 감히 황제인 나를 죽이려고 하느냐?"

"그렇다."

성제 형제는 창으로 조모의 가슴을 거침없이 찔렀습니다. 조모는 비명도 지르지 못하고 숨을 거두었습니다.

이 모습을 보고 왕경이 달려 나와 꾸짖었습니다.

"이 역적놈들아, 천벌을 받을 것이다!"

그러자 성제 형제는 왕경을 사로잡아 꽁꽁 묶었습니다. 얼마 뒤 소식을 듣고 달려온 신하들이 황제의 시신 앞에서 소리 내어 울었습니다. 사마소도 무릎을 꿇고 거짓으로 울었습니다. 그리고 부하들에게 소리쳤습니다.

"폐하를 돌아가시게 한 성제와 성쉬 형제를 끌어내 목을 베어라!"

이 말에 성제가 큰 소리로 사마소를 꾸짖었습니다.

"저 역적놈이 자기가 시켜 놓고 우리에게 죄를 뒤집어씌우는구나!"

사마소의 부하들이 성제 형제를 끌고 나갔습니다. 사마소는 왕경을 가리키며 다시 말했습니다.

"저놈도 가족까지 모조리 붙들어다 함께 죽여라."

곧 왕경의 늙은 어머니와 가족들이 묶인 채로 끌려왔습니다. 왕경은 어머니를 보고 눈물을 흘렸습니다. 그러나 왕경의 어머니는 오히려 크게 웃었습니다.

"하하하! 아들아, 울지 마라. 폐하와 함께 용감하게 죽으니 얼마나 다행이냐."

왕경은 어머니의 말을 듣고 눈물을 거두었습니다.

그날 성제 형제와 왕경의 가족은 한꺼번에 죽임을 당했습니다. 성제 형제는 죽으면서 억울하다고 소리를 질렀지만 왕경과 그 어머니는 떳떳하게 웃으며 죽었습니다.

사마소는 조조의 증손자인 조환을 데려다가 새 황제로 세웠습니다. 사마소는 아직 백성의 눈이 두려워 차마 스스로 황제가 되지는 못했습니다.

한편, 촉나라의 강유는 위나라의 혼란을 틈타 다시 쳐들어가기로 했습니다. 강유는 한중성에서 엄숙한 얼굴로 병사들 앞에 섰습니다.

"우리 촉나라의 운명이 이번 싸움에 달렸다. 지금 위나라를 이기지 못하면 나라가 안팎으로 위태로워진다. 마지막 힘을 내서 역적을 물리치자!"

병사들은 창과 칼을 높이 쳐들며 함성을 질렀습니다. 함성이 하늘을 찌르고 땅을 뒤흔들었습니다.

강유는 요화, 장익, 하후패와 함께 기산으로 떠났습니다. 촉나라 군사는 북으로 북으로 거침없이 나아갔습니다.

기산에 있던 등애는 강유가 온다는 소식을 듣고 두려워했습니다. 그러자 왕관이라는 장수가 앞으로 나서며 말했습니다.

"제가 속임수를 써서 강유를 물리쳐 보겠습니다."

왕관은 등애에게 귓속말로 한참을 속삭였습니다. 얘기를 다 들은 등애는 미소를 띠며 말했습니다.

"그것 참 놀라운 작전이오. 어서 떠나시오."

왕관은 기산으로 오던 촉나라 군사에게 가서 무기를 버리고 항복했습니다. 왕관은 강유를 보자 무릎을 꿇고 절을 올렸습니다.

"저는 얼마 전 사마소에게 죽임을 당한 왕경의 조카입니다. 대장군을 도와 제 가족의 원수를 갚고 싶습니다."

"하늘이 우리를 이기게 하려고 그대를 보냈구려."

강유가 기꺼이 왕관을 반기자 왕관이 말을 이었습니다.

"무슨 일이든 맡겨 주십시오."

"그렇다면 군량을 나르는 일을 맡아 주시오."

이 말을 듣자 왕관은 마음속으로 매우 기뻐했습니다.

'군량을 모조리 싣고 돌아가야지.'

"천구라는 곳에 군량이 있으니 기산으로 옮겨 오시오."

왕관이 천구로 가자 하후패가 물었습니다.

"어찌하여 왕관의 말을 그대로 믿으십니까?"

"왕관이 거짓으로 항복한 것을 이미 알고 있소. 하지만 일부러 속는 척하는 것이오. 사마소가 왕경의 친척들까지 다 죽였는데 어찌 조카 왕관만 살려 두었겠소?"

"아, 그렇군요."

"왕관은 반드시 등애와 편지를 주고받을 것이오. 내가 가운데서 편지를 빼앗아 거꾸로 등애를 속여야겠소."

과연 며칠 뒤 병사들이 왕관의 심부름꾼을 붙잡아 왔습니다. 심부름꾼의 몸에서 편지 한 통이 나왔습니다.

등애 장군 보십시오.

제가 촉나라의 군량을 옮기게 되었습니다. 오는 팔월 이십일 밤에 군량을 모조리 가지고 돌아갈 테니 장군께서는 군사를 보내 저를 도와주십시오.

강유는 붓을 들어 팔월 이십일을 팔월 십오일로 감쪽같이 고쳤습니다. 그리고 부하 한 명을 위나라 병사로 변장시켜서 등애에게 편지를 전하게 보냈습니다.

"십오일이 오면 등애가 내 손에 사로잡힐 것이다."

이를 눈치채지 못한 등애는 팔월 십오일이 오기만을 손꼽아 기다렸습니다.

"왕관이 촉나라 군량을 싣고 오면 승리는 우리 것이다."

기다리던 팔월 십오일 밤이 되자 짐을 가득 실은 수백 대의 수레가 나타났습니다. 등애는 군사를 이끌고 왕관을 맞으러 달려 나갔습니다.

그런데 수레에 다가가자 앞서 오던 한 장수가 고함을 질렀습니다. 촉나라 장수 부첨이었습니다.

"등애야, 넌 포위되었으니 어서 항복해라!"

부첨이 등애에게 달려들자 수레에서 불길이 치솟았습니다. 수레에는 마른 풀 더미만 쌓여 있었습니다.

이 불길을 신호로 양쪽 수풀 속에서 촉나라 군사가 달려 나왔습니다. 위나라 병사들은 놀라서 달아났습니다.

"등애를 잡아오는 병사에게는 장군 벼슬을 주겠다!"

강유가 소리치자 촉나라 병사들은 눈에 불을 켜고 등애를 찾았습니다. 등애는 갑옷과 투구를 내던지고 병사들 무리 속에 숨었습니다.

'우선 살고 보자.'

등애는 병사들 틈에 끼어 겨우 도망쳤습니다.

이때 등애를 만나러 가려던 왕관이 소식을 듣고 펄쩍 뛰었습니다. 왕관은 이십일 약속을 지키려고 그제야 천수를 떠났던 것입니다. 왕관은 군량을 모조리 불살라 버리고 거꾸로 한중으로 쳐들어갔습니다.

이를 눈치 챈 강유는 왕관을 뒤쫓았습니다. 강유의 군사는 금방 왕관을 따라잡았습니다.

"싸움에 진 장수가 살아서 뭐하겠느냐!"

왕관은 탄식하며 강물에 몸을 던졌습니다.

강유는 싸움에서 이겼지만 조금도 기쁘지 않았습니다.

"등애는 못 잡고 군량만 없앴구나."

강유는 군사를 이끌고 한중으로 돌아갔습니다. 일곱 번째 싸움도 물거품이 되었습니다.

어느덧 계절이 한겨울로 접어들었습니다.

"위나라를 물리치지 않고는 편히 죽을 수 없다."

강유는 살을 에는 듯한 눈보라와 추위를 견디며 다시 싸울 준비를 했습니다.

강유는 성도의 유선에게 다시 출사표를 올렸습니다. 이번에 이기지 못하면 어떤 벌도 달게 받겠다는 말도 덧붙였습니다. 유선은 강유를 못마땅해했습니다.

"나라가 이렇게 평화로운데 왜 싸움만 하려는지 모르겠소. 이번에도 실패하면 정말로 벌을 내리겠소."

유선은 겨우 허락했습니다. 강유는 황제의 허락이 떨어지자마자 군사 삼십만을 불러 모았습니다. 그동안 모은 군사 가운데 가장 많은 수였습니다.

"나는 돌아가신 제갈 승상보다 더 여러 차례 위나라와 싸웠소. 이번 싸움이 마지막이 되어야 하오."

강유는 장수들을 둘러보며 간절하게 말했습니다.

강유는 여전히 등애가 지키고 있는 기산으로 향했습니다.

"가까운 조양성부터 빼앗도록 합시다."

조양성은 기산 옆에 있는 작은 성입니다.

"그럼 제가 앞장설 테니 대장군께서 뒤따라오십시오."

하후패가 용감하게 앞으로 나섰습니다.

등애는 강유가 온다는 소식을 듣고 부하 사마망을 불러서 뭐라고 속삭였습니다. 사마망은 고개를 끄덕이더니 서둘러 조양성으로 들어갔습니다. 그리고 네 성문을 활짝 열어 놓고 숨어서 촉나라 군사를 기다렸습니다.

얼마 뒤 도착한 하후패는 모든 문이 활짝 열려 있는 조양성을 보고 깜짝 놀랐습니다.

"이거 빈 성이 아니냐? 영리한 등애가 속임수를 쓰는 건 아닐까?"

하후패는 의심이 들어 성안으로 들어가지 못하고 망설였습니다. 하후패가 성 주위를 돌며 살펴보니 성 뒤로 백성들이 짐을 꾸려 도망치고 있었습니다. 그것은 사마망이 꾸민 속임수였습니다.

"정말로 빈 성이로구나."

하후패는 기뻐하며 병사들과 함께 성안으로 들어갔습니다. 그런데 그때 성문이 쾅 닫히더니 성 위에서 돌멩이와 화살이 쏟아졌습니다. 하후패와 병사들은 오도 가도 못하고 쓰러졌습니다. 여기서 살아남은 사람은 한 명도 없었습니다.

강유는 하후패가 죽었다는 말을 듣고 가슴을 쳤습니다.

"그토록 그리워하던 위나라 고향에 돌아가지 못하고 죽다니……."

강유는 슬픔을 이기지 못하고 물러났습니다. 그런데 이날 밤, 등애가 쳐들어왔습니다. 하후패를 잃고 슬픔에 빠져 있던 촉나라 병사들은 크게 패했습니다.

"등애를 없애지 못하면 내가 죽겠구나."

강유는 이를 갈며 장수들을 불러 모았습니다.

"등애와 사마망이 여기 와 있으니 지금 기산은 비어 있을

것이오. 장익 장군이 어서 가서 적의 진지를 차지하시오."

장익은 밤을 틈타 기산으로 떠났습니다. 하지만 등애가 이것을 알아채고 아들 등충을 불러 말했습니다.

"네가 여기를 지켜라. 나는 기산을 구하러 가야겠다."

등애는 몰래 기산으로 떠났습니다. 그런데 등애 못지않게 영리한 강유가 등애의 생각을 눈치챘습니다.

'등애는 머리가 좋으니 몰래 기산으로 갈 것이다.'

강유는 당장 부첨을 불렀습니다.

"이곳을 굳게 지키시오. 나는 등애를 뒤쫓아 기산으로 가겠소."

촉나라와 위나라의 군사는 앞서거니 뒤서거니 하면서 기산으로 몰려갔습니다.

먼저 기산으로 간 촉나라의 장익이 등애의 진지를 공격했습니다. 얼마 안 되는 위나라 병사들은 싸울 엄두를 내지 못하고 도망쳤습니다. 그런데 마침 도착한 등애의 군사가 뒤에서 장익을 포위했습니다.

위나라 병사들은 장익을 죽이려고 벌 떼처럼 달려들었습니다. 바로 그때 강유가 나타났습니다.

"등애야, 너는 내 손바닥 위에 있는 것을 모르느냐?"

강유의 군사가 마구 몰아치자 등애는 진지로 도망쳤습니다. 강유는 개미 한 마리도 나오지 못하도록 등애의 진지를 완전히 포위했습니다.

"이제 며칠만 있으면 굶주린 등애와 부하들이 항복하겠지?"

강유는 승리를 코앞에 두고 있었습니다.

멸망하는 촉나라

　강유가 기산에서 등애를 포위하고 있을 때 촉나라 성도의 궁궐에서는 음악 소리가 그치지 않았습니다.

　황제 유선은 내시 황호와 함께 날마다 잔치를 열어 흥청망청 놀았습니다. 신하들도 노느라 정신이 없었습니다.

　이 가운데 염우라는 장수가 있었습니다. 염우는 나라를 위해 싸운 적도 없으면서 높은 벼슬만 탐냈습니다.

　염우는 대장군이 되고 싶어서 황호에게 황금 덩어리를 뇌물로 바쳤습니다. 황금에 눈이 먼 황호는 당장 유선을 찾아갔습니다.

　"강유는 싸움만 좋아하는 사람입니다. 강유 대신 마음이

어진 염우를 대장군으로 삼으십시오. 그래야 나라가 평화
롭습니다.”

“나도 늘 싸움만 하는 강유가 마음에 들지 않았소.”

유선은 강유를 부르러 신하를 보냈습니다.

이때 강유는 여전히 등애를 포위하고 있었습니다. 위나
라 병사들은 군량이 거의 다 떨어져 굶주리고 있었습니다.
이제 승리가 눈앞에 보였습니다. 그런데 또 황제의 신하가
찾아왔습니다.

“대장군, 폐하께서 부르십니다.”

“왜 또 나를 부르신단 말이오? 승리가 눈앞에 있을 때마
다 꼭 나를 부르시는군.”

강유는 너무나 아쉬워했습니다. 하지만 황제의 명령을
어길 수는 없었습니다.

강유가 성도로 갔지만 유선은 노는 데 빠져 강유를 만나
주지도 않았습니다.

“못된 내시놈 때문에 나라가 망하는구나.”

강유는 유선이 있는 정원으로 찾아갔습니다. 유선은 황
호와 함께 술을 마시고 있었습니다. 강유는 황호를 노려보
다가 무릎을 꿇고 유선에게 말했습니다.

"폐하, 왜 저를 부르시고 만나 주지도 않으십니까?"

유선은 아무 말도 하지 않았습니다. 강유는 눈물을 글썽였습니다.

"한나라가 내시들 때문에 망한 일을 모르십니까? 황호를 가만두면 우리 촉나라도 무사하지 못합니다. 당장 내쫓으십시오."

"그럼 황호더러 대장군께 용서를 빌라고 하겠소."

황호가 강유에게 울면서 빌었습니다.

"저는 아무 욕심도 없으니 미워하지 마십시오."

강유는 한숨을 내쉬며 그냥 물러갔습니다. 황제 앞이라 함부로 행동할 수 없었습니다. 강유가 나가자 황호도 깊은 한숨을 내쉬며 중얼거렸습니다.

"언젠가는 저놈을 없애 버려야겠군."

황호는 강유에게 원한을 품었습니다.

강유는 한중으로 돌아가서 장수들에게 말했습니다.

"폐하가 나를 믿지 않으니 나는 시골에 가서 농사나 짓겠소."

"대장군께서 시골로 가시면 누가 나라를 지킵니까?"

"염려 마시오. 나는 병사들과 함께 보리를 심어 군량을 모으겠소. 때가 되면 다시 올 테니 그동안 한중을 잘 지켜 주시오.”

강유는 팔만의 군사를 이끌고 답중이라는 곳으로 가서 보리농사를 지었습니다. 싸움터를 누비던 병사들이 농부가 된 것입니다.

어느덧 답중의 넓은 들판에는 푸른 보리밭이 끝없이 펼쳐졌습니다.

“휴, 올해 보리농사는 아주 잘되었구나.”

밭이랑을 가득 메운 보리들은 보기만 해도 탐스러웠습니다.

그러나 강유는 나라가 걱정되어 저도 모르게 한숨을 내쉬었습니다.

‘여기서 농사나 짓고 있어도 되는 걸까? 내가 여기 있는 사이에 위나라가 우리 촉나라를 넘보지는 않을까?’

강유가 보리농사를 짓고 있을 때 기산에서 등애가 이 소식을 들었습니다.

“강유가 답중에서 농사를 짓는다고? 드디어 기회가 왔구나.”

등애는 신이 나서 병사들을 촉나라로 보냈습니다. 등애

의 병사들은 장사꾼으로 변장하고 촉나라 땅을 샅샅이 살폈습니다.

병사들은 진지로 돌아와서 촉나라 땅의 길과 고을을 자세히 그렸습니다. 이렇게 해서 촉나라를 훤히 들여다볼 수 있는 커다란 지도가 만들어졌습니다.

등애는 그 지도를 낙양의 사마소에게 보냈습니다. 사마소는 매우 기뻐하며 종회를 불렀습니다.

"촉나라는 이제 우리 손바닥 안에 있소. 그대가 등애와 힘을 합쳐 서둘러 촉나라로 쳐들어가시오."

종회는 지도를 접어 품속에 간직했습니다.

등애와 종회는 차근차근 촉나라로 쳐들어갈 준비를 했습니다. 등애는 위나라 서쪽에서, 종회는 남쪽에서 군사를 모았습니다. 그런데 종회는 엉뚱하게도 장강에서 큰 배를 만들었습니다.

사마소가 종회에게 물었습니다.

"산을 넘어 쳐들어갈 텐데 배는 왜 만들고 있소?"

"저는 두 군데의 적을 속이고 있습니다."

"두 군데의 적을 속이다니 그게 무슨 말이오?"

"우리가 배를 만들면서 마치 오나라로 쳐들어갈 것처럼

소문을 내면 촉나라는 마음을 놓을 것입니다. 그때 촉나라를 쳐들어가면 쉽게 이길 수 있습니다.”

“그렇군.”

“또 우리가 촉나라를 치면 이번에는 오나라가 마음을 놓을 것입니다. 그럼 촉나라를 빼앗은 뒤 서둘러 이 배를 타고 오나라까지 무찌르면 됩니다.”

이 말을 들은 사마소는 손뼉을 치며 좋아했습니다.

종회가 배를 만들자 정말로 오나라는 잔뜩 긴장했습니다. 촉나라는 강 건너 불구경하듯 마음을 놓고 있었습니다.

가을이 깊어 갈 무렵 마침내 종회는 군사를 이끌고 한중으로 떠났습니다. 십만 군사가 기세등등하게 종회를 뒤따랐습니다. 이때 기산의 등애도 십만 군사를 이끌고 답중으로 쳐들어갔습니다.

두 길로 나뉜 위나라 군사는 물밀듯이 촉나라 땅으로 몰려갔습니다. 말발굽이 일으키는 흙먼지는 산과 들을 뒤덮었습니다.

답중에 있던 강유가 이 소식을 듣고 소스라치게 놀랐습니다.

“걱정하던 일이 기어코 일어나고 말았구나! 촉나라의

운명이 위태롭다."

강유는 서둘러 성도의 유선에게 글을 올렸습니다. 유선도 강유가 올린 글을 읽고 놀랐습니다.

황호가 웃으며 말했습니다.

"폐하, 그것은 거짓말입니다. 위나라는 오나라를 빼앗으려고 배를 만들고 있답니다."

그러자 유선은 비로소 마음을 놓고 다시 놀고 마시는 데 정신을 팔았습니다. 궁궐의 잔치는 더욱 요란하고 화려하게 벌어졌습니다. 목에 칼이 들어왔는데도 궁궐에는 제정신을 지닌 사람이 없었습니다.

강유는 유선에게서 아무런 소식이 없자 다시 글을 올렸습니다. 하지만 유선은 강유의 글을 읽지도 않았습니다. 간신 황호가 가로채서 찢어 버린 것입니다.

"나라가 이렇게 위태로운데 폐하께서는 알고 계시는지……."

종회가 거느린 군사는 이미 한중 가까이 다가오고 있었습니다. 하지만 앞을 가로막는 촉나라 군사는 단 한 명도 없었습니다.

종회의 군사는 거세게 말을 몰아 양안관이라는 고개에

이르렀습니다.

"이곳만 넘으면 한중이다. 젖 먹던 힘을 다해 양안관을 빼앗아라!"

위나라 군사는 있는 힘을 다해 고개에 올랐습니다.

이때 촉나라의 장수 부첨과 장서가 양안관을 지키고 있었습니다. 두 사람은 강유가 뽑아서 무술을 가르친 장수입니다. 장서가 두려워하며 부첨에게 말했습니다.

"적이 너무 많으니 싸우지 말고 성이나 굳게 지킵시다. 우리 힘으로는 무찌를 수 없겠소."

"적은 먼 길을 와서 지쳐 있소. 나는 적을 물리칠 테니 장군은 성을 지키시오."

부첨은 재빠르게 말에 올라 달려 나갔습니다. 따르는 군사는 겨우 삼천 명에 지나지 않았습니다.

"여기가 누구 땅인 줄 알고 감히 덤비느냐!"

부첨과 병사들은 용감하게 적과 맞섰습니다. 하지만 종회의 십만 군사를 이길 수는 없었습니다.

"안 되겠다. 성으로 돌아가자."

부첨은 군사를 이끌고 성으로 달렸습니다. 그런데 굳게 닫힌 성문 위로 장서가 나타났습니다.

"나는 종회에게 항복해서 목숨이라도 구하겠소. 장군도 어서 항복하시오."

부첨은 분노로 얼굴이 일그러졌습니다.

"네놈이 감히 나라와 강유 대장군을 배반한단 말이냐!"

갈 곳이 없어진 부첨은 다시 말을 돌려 적과 싸웠습니다. 하지만 거세게 몰려오는 적을 당해 낼 수 없었습니다.

부첨은 온몸에 창을 맞아 갑옷이 붉게 물들었습니다. 말도 지쳐서 무릎을 꿇고 쓰러졌습니다.

"아아, 나라를 구하지 못하고 여기서 죽는구나. 대장군님, 정말 억울합니다!"

부첨은 눈물을 흘리며 칼로 자기 목을 베어 죽었습니다.

이렇게 해서 종회는 쉽게 양안관을 빼앗았습니다. 장서가 성문을 열고 땅에 엎드리며 머리를 조아렸습니다. 종회는 크게 기뻐하며 양안관에서 쉬었습니다.

그런데 그날 밤 멀리 남쪽에서 커다란 함성이 울렸습니다. 수많은 병사들이 내지르는 외침과 요란한 말발굽 소리가 밤새도록 그치지 않았습니다.

"이게 무슨 소리냐?"

종회와 병사들은 두려워서 잠을 잘 수 없었습니다. 그 소리는 동이 틀 무렵까지 이어졌습니다.

이튿날 아침 종회는 적을 살피러 군사를 이끌고 남쪽으로 달려갔습니다. 하지만 사람은 없고 높은 봉우리와 깊은 골짜기만 끝없이 이어졌습니다. 종회는 이상한 생각이 들어 부하에게 물었습니다.

"여기가 어디냐?"

"정군산이라고 합니다."

"아무도 없는데 어디서 함성이 들려오는 것이냐?"

"여기서 가까운 곳에 제갈량의 무덤이 있습니다."

"그럼 제갈량의 귀신이 요술이라도 부리는 게 아닐까?"

종회는 부하를 앞세우고 제갈량의 무덤을 찾았습니다. 과연 깊은 산 양지바른 곳에 무덤이 하나 있었습니다. 종회의 등줄기에 식은땀이 흘렀습니다.

"제갈량은 비록 적이지만 훌륭한 분이니 제사라도 지내고 가자."

종회는 소와 양과 돼지를 잡아 무덤 앞에 바치고 절을 올렸습니다. 종회가 제사를 마치자 그토록 요란하던 함성이 뚝 그쳤습니다.

그날 밤, 종회가 막사 안에서 상에 기대어 깜빡 잠이 들었

는데 갑자기 차가운 바람이 불며 한 사람이 나타났습니다.

"네가 위나라의 종회냐?"

그 사람은 얼굴이 옥처럼 희고 키가 무척 컸으며, 손에는 부채를 들고 있었습니다.

"다, 당신은 누구십니까?"

"오늘 나에게 먹을 것을 주어서 고맙다. 너에게 할 말이 있어서 왔다."

종회는 등이 오싹하며 식은땀이 줄줄 흘러내렸습니다.

'이 사람은 혹시 제갈량이 아닐까?'

종회는 입술이 떨려 말도 나오지 않았습니다. 그 사람은 종회를 바라보다가 슬픈 목소리로 말을 이었습니다.

"촉나라로 들어가거든 부디 불쌍한 백성들을 해치지 말고 잘 돌봐 주길 바란다."

그 사람은 이 말을 남기고 연기처럼 사라져 버렸습니다. 종회는 그 사람을 붙들려다가 번쩍 눈을 떴습니다. 꿈이었습니다.

"제갈량이 촉나라 백성들을 위해 나타난 것이구나. 과연 죽어서도 나라와 백성을 생각하는 충신이로다."

종회는 넋이 빠져서 중얼거렸습니다.

날이 밝자 종회는 한중으로 쳐들어갔습니다. 한중성을 지키던 촉나라 병사들은 이미 도망치고 없었습니다. 종회는 장수들을 불러 말했습니다.

"촉나라 백성을 해치지 마라. 내 말을 어긴 자에게는 큰 벌을 내리겠다."

이렇게 해서 촉나라 백성들은 한 사람도 죽거나 다치지 않았습니다.

그 무렵 강유는 한중이 넘어갔다는 소식을 듣고 서둘러 병사들을 모았습니다. 하지만 믿음직한 장수가 없었습니다. 용맹한 요화와 장익은 그때 성도에 있었습니다. 강유는 병사들을 둘러보며 말했습니다.

"나는 먼저 등애와 싸우겠다. 너희도 나라를 위해 목숨을 아끼지 마라."

그런데 강유가 떠나기도 전에 등애가 보낸 군사가 쳐들어오고 말았습니다. 강유는 창을 쥐고 달려나가 용맹하게 적을 무찔렀습니다.

하지만 적은 쉬지 않고 나타났습니다. 사방이 온통 적이었습니다. 마침내 강유는 지칠 대로 지쳤습니다.

밤이 되자 강유의 군사는 길까지 잃고 말았습니다. 나아갈 수도 물러날 수도 없었습니다. 강유는 한 가지 꾀를 냈습니다.

"지름길로 해서 위나라로 쳐들어가자. 그러면 적들이 놀라서 물러갈 것이다."

강유가 위나라의 옹주로 달려가자 위나라 장수들은 정말로 옹주를 지키러 물러갔습니다. 그러자 옹주로 가던 강유가 군사들에게 말했습니다.

"우리는 위나라 군사를 속이기 위해 잠시 옹주로 쳐들어가는 척했을 뿐이다. 다들 옹주로 갔으니 돌아가서 적의 진지를 빼앗자."

강유는 위나라 진지로 쳐들어갔습니다. 촉나라 군사는 비어 있는 적의 진지를 모조리 불태워 버렸습니다.

강유는 쉬지 않고 한중을 향해 달리다가 한 떼의 군사를 만났습니다. 늙은 장군 요화와 장익이었습니다. 성도에서 강유를 도우러 달려온 것입니다.

"나라가 이토록 위태로운데 폐하께서는 왜 아무 말씀이 없소?"

"폐하께서는 오로지 황호의 말만 믿고 군사를 일으키지 않았습니다. 저희는 장군께서 어려움에 처했다는 소식을 듣고 도우러 왔습니다."

강유는 두 사람과 싸울 일을 의논했습니다. 요화가 말했습니다.

"적이 성도로 가려면 반드시 검각을 지나야 하니 그곳을 꼭 지켜야 합니다."

강유는 고개를 끄덕이고 검각성으로 향했습니다. 얼마 뒤 종회와 등애가 군사를 합쳐 쳐들어왔습니다.

"역적의 무리들아, 내가 기다리고 있었다!"

강유는 몸을 아끼지 않고 적들 속에 뛰어들어 쉴 새 없이 창을 휘둘렀습니다. 강유의 창을 맞고 적들이 쓰러졌습니다. 위나라 군사는 크게 패하고 물러갔습니다.

강유가 검각성을 지키자 등애가 종회의 막사를 찾았습니다. 두 사람은 머리를 맞대고 성도를 차지할 방법을 의논했습니다.

등애가 망설이다가 말했습니다.

"나는 산길을 타고 성도로 가겠소. 몹시 험하기는 하지만 성도로 가는 음평길이 있소."

"그럼 나는 무슨 수를 써서라도 검각성을 빼앗겠소."

종회가 미소를 지으며 말했습니다.

종회는 자기 진지로 돌아가는 등애를 배웅하고 막사로 돌아와 부하들에게 말했습니다.

"오늘 보니 등애는 참으로 어리석구나."

"그게 무슨 말씀입니까?"

"음평길은 험해서 그리로 가다가는 살아남기 어려울 것이다. 이제 우리가 먼저 성도성을 차지할 수 있겠다."

종회는 자기가 먼저 공을 세울 욕심이었습니다. 그런데 등애의 마음도 똑같았습니다.

"종회는 지금 나를 비웃고 있겠지. 하지만 우리는 음평길로 가서 먼저 성도성을 차지할 것이다."

등애는 종회가 먼저 한중성을 차지한 일이 마음에 걸렸습니다. 그래서 성도성만은 꼭 자기가 먼저 차지하여 공을 세우고 싶었습니다.

등애는 그날 밤 병사들을 이끌고 음평길로 떠났습니다.

등애는 음평길로 들어서자 군사 오천을 따로 뽑아서 앞장세웠습니다.

"너희는 갑옷을 벗고 도끼와 톱과 망치를 들어라. 숲을 만나면 나무를 베고, 바위를 만나면 부수어서 길을 내라."

등애는 나머지 병사들을 보며 말했습니다.

"너희는 군량을 나누어 짊어지고, 밧줄을 잔뜩 마련해서 나를 따르라."

등애는 말을 버리고 성큼성큼 걸었습니다. 음평길은 듣던 대로 험했습니다. 높은 산봉우리와 깎아지른 듯한 바위 절벽이 끝없이 이어졌습니다.

등애의 군사는 길이 없으면 길을 만들고, 절벽을 만나면 밧줄을 타고 나아갔습니다. 그렇게 스무 날을 가서 마침내 마지막 절벽에 이르렀습니다. 병사들은 절벽 아래를 내려다보더니 땅에 주저앉고 말았습니다.

"장군, 이 절벽을 어떻게 내려갑니까? 이제 밧줄도 조금밖에 남지 않았습니다."

등애는 멍하니 아래를 내려다보다가 말했습니다.

"담요를 가져오너라!"

부하가 담요를 가져오자 등애는 담요로 몸을 친친 감았습니다.

"자, 나를 보고 따라서 해라!"

등애는 이 말을 마치더니 절벽 아래로 몸을 굴렸습니다. 병사들이 놀라 비명을 질렀습니다. 등애의 몸은 통통 구르며 절벽 아래로 떨어졌습니다.

아래로 떨어진 등애는 꿈틀거리며 일어나 절벽 위를 향해 외쳤습니다.

"꾸물거리지 말고 어서 내려와라."

그러자 병사들도 담요를 감싸고 절벽 아래로 몸을 굴렸습니다. 담요가 없는 병사들은 나무에 묶은 밧줄에 매달리며 내려갔습니다. 이렇게 해서 등애의 군사는 무사히 음평 길을 지나 큰길로 내려갈 수 있었습니다.

이제 등애는 거침없이 성도로 쳐들어갔습니다. 가는 곳마다 촉나라 장수들이 소스라치게 놀랐습니다.

"대체 여길 어떻게 왔지? 하늘에서 떨어졌단 말이냐?"

촉나라 장수들은 두려워하며 싸우지도 않고 항복했습니다. 등애는 점점 성도성으로 다가가고 있었습니다.

유선이 이 소식을 듣고 깜짝 놀라자 황호가 나서며 말했습니다.

"걱정 마십시오. 강유 대장군이 검각을 지키고 있는데 어떻게 적이 이리로 온단 말입니까?"

그런데 다시 적이 온다는 소식이 들려왔습니다. 그때 한 장군이 앞으로 나섰습니다.

"폐하, 제가 나가서 적을 물리치겠습니다."

바로 제갈량의 아들 제갈첨이었습니다. 제갈첨은 유선의 딸과 결혼한 황제의 사위였습니다.

"부디 적을 막아서 내 목숨을 구해 주시오."

유선은 사위인 제갈첨의 손을 잡고 울먹거렸습니다.

제갈첨은 성도의 군사를 모조리 이끌고 달려 나갔습니다. 그런데 한 소년이 말을 타고 뒤쫓아 왔습니다. 제갈첨의 아들 제갈상이었습니다.

"아버지, 저도 나라를 위해 목숨을 바치겠습니다."

제갈첨은 아들을 대견스러워하며 함께 떠났습니다.

제갈첨은 '한나라 승상 제갈량'이라고 씌어 있는 깃발을 앞세웠습니다. 그 뒤로 나무로 만든 제갈량 인형을 태운 수레가 따랐습니다. 아버지의 뜻을 이어 나라를 위해 목숨을 바치겠다는 마음의 표시였습니다.

제갈첨의 군사는 얼마 가지 않아서 등애의 군사와 만났습니다. 등애의 부하들은 '제갈량'이라는 깃발을 보고 깜짝 놀랐습니다. 제갈량 인형을 보고는 더더욱 놀랐습니다.

"제갈량이다!"

등애의 부하들이 비명을 지르며 도망쳤습니다. 등애가 칼을 뽑아 들고 부하들에게 소리쳤습니다.

"저건 나무 인형이다. 도망치는 자는 목을 베겠다!"

등애는 병사들을 앞으로 내몰았습니다. 제갈첨은 아들과 함께 칼을 휘두르며 적군에게 뛰어들었습니다. 두 사람이 지나는 곳마다 적들이 수없이 쓰러졌습니다.

등애가 이것을 보고 소리쳤습니다.

"활을 쏘아라!"

화살이 비 오듯 쏟아지자 제갈첨은 온몸에 화살을 맞고 말에서 떨어졌습니다. 제갈첨은 칼을 들며 큰 소리로 외쳤습니다.

"내 힘이 다했으니 죽음으로써 나라에 보답하는 길밖에 없다!"

제갈첨은 칼로 목을 베어 스스로 목숨을 끊었습니다.

그것을 본 제갈상이 칼을 움켜쥐고 적에게 달려들었지만 온몸에 창을 맞고 죽었습니다.

제갈첨이 죽자 등애는 성도성을 향해 거세게 말을 몰았습니다. 성도의 백성들은 잔뜩 겁에 질려서 성 밖으로 달아났습니다. 성안은 울부짖는 소리로 가득 찼습니다.

"제갈첨마저 죽었으니 이제 어쩐단 말이냐!"

유선은 강유를 믿지 않은 게 너무나 후회스러웠습니다.

신하들도 몸을 떨면서 말했습니다.

"폐하, 오나라에 가서 항복하십시오."

"나더러 오나라의 신하가 되란 말이오?"

그때 '광록대부'라는 벼슬에 있던 초주가 말했습니다.

"오나라도 오래가지 못할 테니 차라리 위나라에 항복하십시오. 부끄럽지만 항복해서 목숨만이라도 구해야 합니다."

"항복하면 살려 줄까?"

유선은 망설였습니다. 그때 한 사람이 초주를 꾸짖었습니다.

"신하란 자가 어떻게 항복하라고 말할 수 있느냐!"

왕자 유심이었습니다. 유심은 유선의 일곱 아들 중 다섯째로 어렸을 때부터 총명했습니다.

유선이 나서서 유심을 꾸짖었습니다.

"항복하지 않으면 어쩌겠다는 말이냐?"

"성도성 안에는 아직도 수만이나 되는 군사가 있습니다. 임금과 병사가 모두 힘을 합쳐 싸우고, 만약 이기지 못하면 기꺼이 죽어야 합니다."

그러자 유선은 벌컥 화를 냈습니다.

"네가 뭘 안다고 나서느냐? 당장 물러가거라!"

유선은 유심을 내쫓아 버렸습니다. 그리고 위나라에 항복하기로 결심했습니다.

초주는 등애를 찾아가 무릎을 꿇고 옥새를 바쳤습니다. 등애가 기뻐하며 거만하게 물었습니다.

"너희 황제는 왜 오지 않았느냐?"

"며칠 뒤 항복하러 오시겠답니다. 장군께서는 부디 넓은 마음으로 항복을 받아 주십시오."

초주는 벌벌 떨며 겨우 대답했습니다.

이 소식을 들은 유심 왕자는 땅을 치며 통곡했습니다. 유심은 할아버지인 유비의 무덤 앞에서 칼로 제 목을 베어 죽었습니다.

마침내 유선이 항복하기로 한 날이 왔습니다. 유선은 자기 몸을 밧줄로 묶은 뒤 성 밖으로 나갔습니다. 신하들이 고개를 숙이고 그 뒤를 따랐습니다. 유선은 등애를 보자 땅에 무릎을 꿇고 엎드렸습니다.

그러자 등애는 유선의 밧줄을 풀어 주며 말했습니다.

"그대에게 위나라의 장군 벼슬을 내리겠소. 나와 함께 성도성으로 들어갑시다."

유선은 등애에게 비굴한 미소를 지어 보였습니다.

등애는 유선과 함께 수레를 타고 성도성으로 들어갔습니다. 촉나라 백성들은 나라를 잃은 슬픔으로 모두 소리 죽여 흐느꼈습니다.

마침내 촉나라는 멸망했습니다. 한나라를 다시 일으켜 백성들을 편안하게 하려고 한 영웅들의 뜻도 한낱 물거품이 되고 말았습니다.

유선은 검각으로 사람을 보내서 강유에게 항복하라고 명령했습니다. 강유는 아직도 종회와 싸우고 있었습니다. 강유는 황제가 위나라에 항복했다는 말을 듣고 미친 듯이 울부짖었습니다. 장수들도 칼로 땅을 찌르며 울었습니다.

"어떻게 황제가 먼저 항복을 한단 말이냐!"

그런데 강유가 갑자기 울음을 그치고 말했습니다.

"나는 절대로 여기서 물러설 수 없소. 우선 거짓으로 항복한 뒤 반드시 나라를 되찾을 것이오."

강유는 장수들에게 나직이 자기 생각을 털어놓았습니다. 장수들은 눈물을 거두고 고개를 끄덕였습니다.

천하는 다시 하나로

강유는 흰 깃발을 내걸고 검각성의 성문을 활짝 열었습니다. 항복한다는 표시였습니다. 강유와 장수들은 무기를 버리고 종회를 찾아갔습니다.

"황제 폐하의 명으로 종회 장군께 항복하러 왔습니다."

강유는 차마 스스로 항복한다는 말은 하지 않았습니다. 종회는 몹시 기뻐하며 강유의 손을 덥석 잡았습니다.

"그대 같은 훌륭한 장군을 만나니 기쁩니다."

종회의 말은 진심이었습니다. 강유는 이 말을 기다렸다는 듯이 대꾸했습니다.

"종회 장군께서 영웅이시기 때문에 항복하는 것입니다.

등애였다면 결코 항복하지 않았을 것입니다."

이 말에 종회는 더욱 기뻐했습니다.

"나를 알아주니 고맙소. 앞으로 형제처럼 지냅시다."

종회는 강유를 굳게 믿었습니다. 그래서 강유에게 장군 벼슬을 주고 군사까지 거느리게 했습니다. 모두가 강유의 속임수였지만 종회는 의심하지 않았습니다.

강유는 종회 몰래 밤마다 부하들을 만나며 가만히 때를 기다렸습니다.

한편, 등애는 성도성에서 큰 잔치를 열었습니다. 종회보다 먼저 성도성을 차지해서 매우 기뻤습니다. 낙양의 사마소도 등애에게 높은 벼슬을 내려 칭찬했습니다.

등애는 교만해져서 자기가 마치 촉나라 황제라도 된 듯이 행세했습니다. 또 매일같이 촉나라 궁궐에서 잔치를 열고 놀았습니다.

검각성의 종회는 등애에게 공을 빼앗기고 분한 마음으로 지내고 있었습니다. 오로지 강유와 이야기를 나누며 시름을 달랬습니다.

그러나 강유는 혼자가 되면 하늘을 보며 탄식했습니다.

'언제까지 이렇게 부끄럽게 살아야 한단 말이냐!'

강유는 슬픔과 부끄러움을 꾹 참고 기회를 엿보았습니다. 그러던 어느 날, 강유는 종회를 찾아가 나직이 속삭였습니다.

"소문을 들으니 등애가 촉나라 황제가 되려 한답니다."

종회가 소스라치게 놀랐습니다. 물론 강유가 꾸며 낸 말입니다. 강유는 낮은 목소리로 말을 이었습니다.

"촉나라는 길이 험하고 양식이 많은 곳입니다. 등애가 촉나라 황제가 되면 큰 걱정거리가 될 것입니다."

강유는 종회와 등애를 싸우게 해서 나라를 되찾을 생각이었습니다.

종회는 강유의 말을 그대로 믿고 몹시 화를 냈습니다.

"그런 역적놈은 내가 당장 없애 버리겠소."

그러나 종회의 마음 속에는 다른 욕심이 생겼습니다.

'등애를 무찌르고 내가 촉나라를 차지해 버릴까?'

드디어 종회는 등애와 싸우러 나섰습니다. 강유가 속임수를 쓰는 줄은 꿈에도 몰랐습니다. 종회가 싸울 일을 의논하자 강유는 종회의 귀에 대고 뭐라고 속삭였습니다. 종회는 곧 장수들에게 글을 한 장씩 내밀었습니다.

"이것은 황제 폐하께서 내리신 글이다. 너희는 성도로

들어가 이 글을 곳곳에 붙이고 등애를 끌고 오너라."
장수들이 글을 받아서 읽어 보았습니다.

위나라 장군들은 듣거라.
종회 장군을 시켜 역적 등애를 잡으려고 하니 모두들 내
말에 따르라. 따르지 않는 자에게는 큰 벌을 내릴 것이다.

이 글은 강유가 거짓으로 쓴 글이었습니다. 종회의 장수
들은 성도성에 가서 글을 붙이고 궁궐로 달려갔습니다.
종회의 장수들이 등애의 방에 들이닥쳤을 때 등애는 편
안히 자고 있었습니다.
"폐하의 명령을 받들어 역적을 잡으러 왔다!"
종회의 장수들이 달려들어 등애를 꽁꽁 묶었습니다.
얼마 뒤 종회가 강유와 함께 성도성으로 들어왔습니다.
종회는 등애를 보자 손가락질을 하며 꾸짖었습니다.
"네놈이 감히 나라를 배반하려고 하느냐?"
종회는 등애를 수레에 실어서 낙양으로 보냈습니다. 등
애가 이를 갈며 말했습니다.
"내가 강유에게 당했구나!"
위나라의 두 장수는 촉나라를 빼앗고도 공을 다투느라

서로를 믿지 못했습니다.

이제 종회가 성도성의 새로운 주인이 되었습니다.

'이제 내 마지막 작전을 이룰 때가 왔다. 종회를 한 번만 더 속여서 나라를 되찾고야 말겠다.'

강유는 주먹을 불끈 쥐고 옛 황제 유선에게 몰래 편지를 보냈습니다.

폐하!

대장군 강유가 머지않아 나라를 되찾으려고 합니다. 폐하께서는 부디 조금만 참으십시오.

유선은 이 편지를 읽고 눈물을 훔쳤습니다.

"내가 어리석어 충성스런 대장군을 믿지 못했구나!"

유선은 비로소 가슴을 치며 지난날을 후회했습니다.

며칠 뒤, 강유는 종회를 찾아갔습니다. 종회는 촉나라 땅의 지도를 들여다보고 있었습니다.

"익주만 차지하면 어떤 적이라도 물리칠 수 있겠소."

"맞습니다. 촉나라는 미처 준비를 하지 못해 위나라에게 졌습니다. 하지만 장군이라면 이곳을 굳게 지키며 나라를 세울 수 있을 것입니다."

이 말에 종회는 두 눈을 반짝이며 좋아했습니다.

"장군이 내 마음을 아는구려."

"어서 새 나라를 세우고 황제가 되십시오."

"고맙소. 내가 이곳에 힘 있는 나라를 세우겠소."

강유는 새 나라가 세워지면 종회를 없애 버릴 생각이었습니다. 이것이 바로 강유가 나라를 되찾을 마지막 작전이었습니다.

"앞으로 내가 어떻게 하면 좋겠소?"

"당연히 사마소와 싸워야지요."

"사마소와? 그런데 장수들이 내 말을 따를까요?"

"모두 감옥에 가두어 놓고 장군의 명령을 따르지 않는 자는 목을 베십시오."

"좋은 생각이오."

종회는 궁궐에서 잔치를 열고 장수들을 불러들였습니다. 장수들과 함께 흥겹게 술을 마시던 종회가 갑자기 슬프게 울었습니다.

"사마소는 황제를 제멋대로 내쫓은 역적이오. 그런데 그런 역적을 따르고 있으니 부끄럽구려."

이 말에 장수들은 의심을 품고 종회를 바라보았습니다.

종회가 칼을 빼어들고 소리쳤습니다.

"나는 새 나라를 세워 역적 사마소와 싸우려고 하오. 나를 따라 역적과 싸우겠소?"

장수들은 종회를 따를 마음이 조금도 없었습니다. 그러자 종회가 버럭 소리를 질렀습니다.

"여봐라, 이놈들을 모조리 감옥에 가두어라!"

종회의 병사들이 몰려와 장수들을 끌고 나갔습니다. 강유가 종회에게 말했습니다.

"장수들을 베고 사마소에게 쳐들어가야 합니다."

"알았소. 그렇게 하시오."

종회가 허락하자 강유가 병사들을 거느리고 감옥으로 가려고 일어났습니다.

"으윽!"

갑자기 강유가 가슴을 쥐며 쓰러졌습니다. 나라 생각에 잠을 못 이루다 몸이 쇠약해져서 병이 생긴 것입니다.

강유가 쓰러져 있을 때였습니다. 감옥에 갇힌 장수들 가운데 호열이라는 사람이 있었습니다. 호열은 종회가 나라를 배신한 사실을 밖에 있는 아들에게 알리고 싶었습니다. 호열은 감옥을 지키는 병사를 불렀습니다.

"여봐라, 우리가 목이 마르니 물을 좀 가져다주어라."

병사가 하인을 시켜 물을 날라다 주었습니다. 호열은 하인을 붙들고 몰래 편지 한 통을 내밀었습니다.

"이 편지를 내 아들 호연에게 가져다주어라. 그러면 내 아들이 너에게 큰 상을 줄 것이다."

하인은 귀가 솔깃해서 시키는 대로 했습니다. 호연은 아버지의 편지를 읽고 서둘러 병사들을 불렀습니다.

"지금 종회가 나라를 배신하려고 한다. 나를 따라서 역적을 물리치겠느냐?"

병사들은 창과 칼을 들고 호연을 뒤따랐습니다. 호연은 종회가 있는 궁궐로 쳐들어갔습니다. 깊은 밤이라 종회의 부하들은 세상모르고 잠들어 있었습니다.

쓰러져 있던 강유는 새벽에야 겨우 정신을 차렸습니다.

'내가 몸을 돌보지 않아서 큰일을 망칠 뻔했구나. 지금이라도 위나라 장수들을 없애야 한다.'

그때 호연이 이끄는 병사들이 들이닥쳤습니다.

"역적 종회와 강유는 내 칼을 받아라!"

종회가 놀라서 칼을 빼어들고 맞섰습니다. 하지만 수없이 날아드는 화살을 맞고 그 자리에서 쓰러졌습니다.

　강유도 칼을 들고 달려 나갔습니다. 그러다 가슴을 쥐며 다시 쓰러졌습니다. 강유는 하늘을 보며 외쳤습니다.

　"하늘이시여, 왜 저를 버리십니까! 촉나라의 백성들은 어쩌란 말입니까!"

　강유는 칼을 들어 자기 목을 베었습니다. 강유가 쓰러지자 위나라 병사들이 달려들어 창으로 마구 찔렀습니다.

강유는 이렇게 허무하게 숨을 거두었습니다. 강유의 나이는 쉰아홉이었습니다. 촉나라의 운명도 강유와 함께 영원히 저물었습니다.

강유가 죽은 뒤 등애와 종회는 모두 역적으로 몰려서 사마소에게 죽임을 당했습니다. 촉나라는 아무런 힘도 쓰지 않은 사마소의 차지가 되었습니다.

위나라 장수들은 유선을 낙양으로 끌고 갔습니다. 유선을 따르는 신하는 겨우 몇 사람밖에 없었습니다. 늙은 장수 요화와 장익은 이미 병으로 죽었습니다.

사마소가 비웃으며 말했습니다.

"유선아, 간신들과 함께 술만 마시더니 꼴좋구나."

"목숨만 살려 주시면 충성을 다하겠습니다."

유선은 새파랗게 질린 얼굴로 땅에 무릎을 꿇었습니다.

사마소가 소리 내어 웃었습니다.

"공명과 강유가 저런 사람에게 충성을 바쳤다니."

사마소의 부하들도 모두들 따라서 비웃었습니다.

"그대는 이제부터 위나라의 신하가 되시오. 집을 마련해 줄 테니 낙양에서 살도록 하시오."

말을 하던 사마소는 유선의 뒤에 있는 황호를 보고 버럭 소리를 질렀습니다.

"아니, 저 내시놈이 여기까지 따라왔단 말이냐? 저 여우 같은 간신을 끌어내 목을 베어라!"

황호는 끌려 나가면서 유선을 보고 울부짖었습니다.

"폐하, 제 목숨도 살려 주십시오."

하지만 유선은 들은 체도 하지 않았습니다.

나라를 망친 황호는 결국 죽임을 당했습니다.

"오늘은 기쁜 날이니 마음껏 즐겨 봅시다."

사마소는 잔치를 열어 유선을 대접했습니다.

유선은 술을 마시자 금방 기분이 좋아졌습니다. 촉나라 신하들은 슬픈 얼굴로 말없이 앉아 있었습니다.

마침 위나라의 춤꾼들이 나와 춤을 추며 잔치의 흥을 돋구었습니다. 유선은 춤을 구경하며 입을 크게 벌리고 웃었습니다.

"이번엔 촉나라의 춤을 구경하고 싶소."

사마소가 말하자 유선이 데려온 촉나라 춤꾼들이 춤을 추었습니다. 촉나라 신하들은 그것을 보고 눈물을 뚝뚝 흘렸지만 유선은 흥에 겨워 마음껏 웃고 떠들었습니다.

사마소는 한심한 표정을 지었습니다.

'이런 못난 사람이 어떻게 황제 노릇을 했을까?'

한참 뒤에 사마소가 유선을 보고 물었습니다.

"성도로 다시 돌아가고 싶지 않소?"

"이렇게 잘해 주시니 돌아가고 싶지 않습니다."

사마소는 곁에 앉은 부하들에게 속삭였습니다.

"유선은 정말 어리석구나. 나라를 위해 죽은 강유가 불쌍하다."

이때부터 사마소는 유선을 신경 쓰지 않았습니다.

촉나라가 망하고 중국에는 위나라와 오나라가 남았습니다. 사마소는 어린 황제 조환을 무시하고 스스로 진왕이 되었지만 그것도 만족스럽지 않았습니다.

"오나라까지 빼앗고 천하를 다스리는 황제가 되겠다."

사마소는 늘 오나라를 넘보았습니다. 하지만 사마소는 그 해를 넘기지 못하고 병이 들어 죽었습니다.

사마소가 죽자 큰아들 사마염이 새로 진왕이 되었습니다. 사마염은 제 아버지보나 너 교만하고 간사했습니다.

"나는 오나라를 빼앗을 때까지 기다릴 수가 없다. 먼저 새 나라부터 세우고 오나라를 무찌르겠다."

사마염은 위나라 황제 조환을 내쫓고 스스로 황제가 되었습니다. 나라 이름도 진나라로 바꾸었습니다. 마침내 위나라도 없어진 것입니다.

이때 남쪽의 오나라는 여전히 손휴가 황제로 있었습니다. 총명한 손휴는 촉나라가 망하자 늙은 장수 정봉과 의논을 했습니다.

"사마염이 곧 쳐들어올 테니 미리 준비를 해야 합니다."

손휴는 여러 장수들에게 장강을 굳게 지키라고 명령했습니다. 장수들은 새로 성을 쌓고 배를 만들어 진나라의 침입에 대비했습니다.

그렇게 몇 년이 흘렀습니다. 그러다 손휴가 그만 병이 들어 세상을 떠나고 말았습니다. 손휴의 아들은 아직 나이가 어렸습니다. 오나라의 신하들은 걱정이 되었습니다.

"나라가 위태로운데 어린 태자가 어떻게 나라를 다스리겠소?"

신하들은 황제의 친척 손호를 새 황제로 삼았습니다. 손호는 오나라를 세운 손권의 손자입니다.

그런데 황제가 된 손호는 촉나라의 유선처럼 술 마시고 놀기 바빴습니다. 신하들은 깊은 근심에 빠졌습니다.

"우리가 좋은 황제를 모시려다 큰 잘못을 저질렀소."

손호는 충신들을 멀리하고 잠혼이라는 내시의 말만 들었습니다. 촉나라가 망하기 전과 똑같은 모습이었습니다. 황제는 배불리 먹었지만 백성들은 굶주렸습니다.

진나라 황제 사마염이 이 소식을 들었습니다.

"이제야 중국 땅을 하나로 통일할 때가 왔구나."

사마염은 두예라는 장수를 대장군으로 삼았습니다. 그리고 왕준이라는 장수에게는 수군을 거느리게 하여 오나라로 쳐들어갔습니다.

오나라의 황제 손호가 이 소식을 듣고 놀라자 승상 장제가 말했습니다.

"장군들을 내보내 적을 물리치겠습니다."

그래도 손호는 불안에 떨었습니다. 과연 얼마 지나지 않아 이곳저곳에서 병사들이 달려왔습니다.

"여러 장군들이 두예에게 목숨을 잃었습니다."

"지금 진나라의 배 수만 척이 장강을 따라 건업으로 오고 있습니다."

손호는 어쩔 줄을 몰랐습니다. 그런데 내시 잠혼은 아무렇지도 않은 표정을 지었습니다.

"저에게 좋은 생각이 있습니다. 제 말대로만 하시면 진나라 배들을 산산이 부숴 버릴 수 있습니다."

손호는 눈을 번쩍 뜨며 잠혼을 재촉했습니다.

"어서 말해 보시오."

잠혼이 자신 있게 말을 이었습니다.

"쇠사슬을 장강에 가로로 걸쳐 막으십시오. 또 기다란 송곳을 강물 속에 잔뜩 박아 두십시오."

손호는 기뻐하며 잠혼이 시킨 대로 했습니다.

어느덧 진나라의 수군이 장강을 따라 힘차게 내려왔습니다. 왕준이 갑판 위에서 군사를 이끌었습니다.

그때 앞서 가던 배에서 한 장수가 소리쳤습니다.

"쇠사슬과 송곳이 가로막고 있습니다."

이 말을 듣고 왕준은 껄껄 웃었습니다.

"그럼 강가로 가서 커다란 뗏목을 만들도록 해라."

금세 커다란 뗏목 수십 개가 만들어졌습니다. 왕준은 뗏목 위에 마른 나무를 잔뜩 쌓고 불을 붙였습니다. 뗏목은 곧 집채만 한 불덩어리가 되었습니다.

"뗏목을 강물로 띄워 보내라!"

불이 붙은 뗏목 수십 개가 강물을 타고 떠내려갔습니다.

뗏목에 송곳이 걸리자 송곳은 모두 빠져 버렸습니다. 쇠사슬은 뗏목에 붙은 불에 금세 녹아 버렸습니다.

뗏목은 그대로 떠내려가서 오나라의 싸움배에 부딪쳤습니다. 오나라 배에 불이 옮겨 붙자 오나라 병사들은 강물 속으로 뛰어들었습니다. 이 싸움에서 살아서 도망친 병사는 거의 없었습니다.

왕준이 큰 승리를 거두고 있을 때 두예가 육군을 거느리고 도착했습니다. 진나라의 육군과 수군은 군사를 합쳐서 건업성으로 달려갔습니다.

오나라의 장제가 군사를 이끌고 달려 나왔습니다. 진나라 병사들은 굶주린 맹수처럼 달려들었습니다.

"승상께서는 어서 몸을 피하십시오."

오나라 장수들이 말하자 장제는 고개를 저었습니다.

"장군들이나 피하시오. 나는 이곳에서 싸울 테요."

장제는 부하들과 함께 용감히 싸우다 죽었습니다. 나머지 장수들은 건업성의 손호에게 달려갔습니다.

"폐하, 나라가 이렇게 된 건 모두 못된 내시 잠혼 때문입니다. 그놈을 죽여야 합니다."

성난 장수들이 잠혼에게 달려들어 목을 벴습니다.

장수들은 손호를 데리고 가까운 석두성으로 달아났습니다. 왕준의 병사들이 석두성까지 뒤쫓아 왔습니다.

　손호는 적을 보더니 칼을 빼어 들었습니다.

"적에게 잡히느니 차라리 죽겠다."

　그러자 신하들이 손호의 손을 붙들었습니다.

"촉나라의 유선처럼 항복하여 목숨이라도 구하십시오."

　손호는 힘없이 칼을 내던지고 마침내 항복했습니다. 이렇게 오나라도 멸망하고 말았습니다. 촉나라가 망하고 십육 년이 흐른 뒤였습니다.

　왕준은 손호를 데리고 낙양으로 갔습니다. 손호는 진나라 황제 사마염 앞에 나아가 엎드려 절을 올렸습니다.

"강동의 신하 손호가 폐하께 인사드립니다."

　사마염은 신하가 앉는 자리를 가리키며 손호에게 말했습니다.

"오래전부터 저 자리를 마련해 놓고 그대를 기다렸소."

　손호도 지지 않고 대꾸했습니다.

"저도 오나라에서 저런 자리를 마련해 놓고 폐하를 기다렸습니다."

　그 말에 사마염은 껄껄 웃었습니다. 사마염은 곧 손호에게 벼슬을 주고 유선처럼 낙양에 살게 했습니다.

그리하여 황건적의 난리 때부터 백 년 동안 나누어졌던 중국은 진나라에 의해 다시 하나가 되었습니다.

그동안 역적들을 무찌르고 한나라 황실을 일으켜 세우려고 노력한 영웅들의 삶은 흐르는 세월 속에 묻혔습니다. 유비의 인자함도, 관우의 용맹도, 장비의 힘도, 제갈량의 지혜로움도, 강유의 꿈도…….

하지만 눈을 감고 이들의 삶과 죽음, 땀과 눈물, 꿈을 떠올려 보세요. 이천 년 전 영웅들은 오늘날을 살아가는 우리에게 많은 교훈을 줍니다.

옳은 일을 위해서는 힘과 용기를 아끼지 말라고요. 세상을 넓게 보고 힘든 일을 두려워하지 말라고요. 그리고 스스로 큰 뜻을 세우고 끊임없이 노력하라고요.

어린이 여러분이 이런 영웅들의 뜻을 가슴에 새기리라고 믿으며 긴 이야기를 마칩니다.

– 끝 –

진의 천하 통일

▲ 진 무제 사마염
사마의의 손자로, 위나라 원제 조환에게서 황제의 자리를 물려받아 황제가 되었다.

263년, 위나라는 촉나라를 멸망시키며 천하 통일에 한 걸음 다가갔습니다. 그러나 촉을 정벌하는 과정에서 세력이 커진 신하 사마염에게 나라를 빼앗기고 멸망하고 말았지요. 결국 천하 통일은 사마염이 건국한 진나라에 의해 이루어지고, 백여 년에 걸친 영웅들의 싸움도 끝이 났습니다.

그러나 진의 시대도 오래가지 않았습니다. 통일을 이루자 그만 자만에 빠져 나라의 힘을 한데 모으지 못하면서 진은 316년 북방 민족의 침입을 받아 멸망하고, 북부 지방에는 흉노·선비·갈·저·강 등 다섯 민족이 세운 열여섯 나라가 일어나 대혼란이 시작되었습니다. 이 시기를 5호 16국 시대라고 하는데, 호(胡)는 오랑캐라는 뜻으로 만리장성 바깥의 유목 민족들을 뜻합니다.

한편, 유목 민족들이 장강 북쪽을 차지하자 한족들은 그들을 피해 강남으로 내려와 오나라의 수도였던 건업(지금의 난징)에 동진을 세웠습니다. 이로써 중국은 장강을 중심으로 강북의 유목 민족과 강남의 한족이 맞서는 남북조 시대가 열렸습니다. 삼국 시대부터 수나라가 중국을 다시 통일하기까지를 '위진 남북조 시대'라고 합니다.

후한 → 삼국 시대(위·촉·오) → 진(서진) → 5호 16국 시대 → 남북조 시대 → 수

위진 남북조 시대

《삼국지》의 주인공은 누구일까?

《삼국지》에는 관우, 주유, 제갈량, 사마의 등 수많은 영웅들이 등장합니다. 그중 가장 으뜸인 인물은 아무래도 유비와 조조를 꼽을 수 있겠지요.

유비는 뛰어난 지략을 가진 장수는 아니었지만, 덕이 높고 인정이 많아 사람들의 사랑을 받았습니다. 또한 한나라 황실의 후예로서 쓰러져가는 한나라를 일으키겠다는 목표를 내세웠기 때문에 많은 사람이 유비를 따랐습니다. 반면 조조는 실리를 앞세운 인물로, 도덕보다 법을 따랐습니다. 개인의 품성보다 능력을 중요하게 여겨 조조의 곁에는 늘 수많은 인재들이 있었지만, 지나치게 냉정해 사람의 마음을 끄는 데는 한계가 있었습니다.

오랫동안 사람들은 유비를 영웅, 조조를 간사하고 꾀가 많은 인물로 생각했습니다. 소설 《삼국지》에서도 충성을 다하고 의리를 지키는 유비를 최고의 영웅으로 묘사하고 있습니다. 그러나 이는 도덕을 중시했던 유학의 영향을 받은 것입니다. 그럼 누가 진정한 영웅일까요? 사람은 각각 장단점을 갖고 있고, 상황에 따라 장점은 단점, 단점은 장점이 되기도 합니다. 이런 점을 헤아려서 여러분의 마음속에서는 누가 진정한 영웅이고 주인공인지 한 번 생각해 보세요.

고사성어로 보는 삼국지

六 出 祁 山 / 九 伐 中 原

여섯 **육**　나타날 **출**　성할 **기**　뫼 **산**　　아홉 **구**　칠 **벌**　가운데 **중**　근원 **원**

'육출기산, 구벌중원'은 기산에 여섯 번 나가고 중원을 아홉 번 친다는 뜻으로, 제갈량과 강유가 위나라 정벌을 각각 여섯 번, 아홉 번 나간 것에서 생겨난 말입니다.

촉나라는 국토가 좁아 군사와 식량 등이 위나라보다 불리했습니다. 특히 나라 안에서 전쟁을 하면 그 피해가 엄청나, 제갈량은 먼저 적을 공격해 나라 밖에서 전쟁을 벌이는 편이 낫다고 생각했습니다. 그래서 기산으로 정벌을 떠났습니다. 위나라의 서쪽으로 들어가는 길목인 기산을 빼앗으면 곧장 장안까지 나아갈 수 있었기 때문입니다. 제갈량은 기산을 차지하기 위해 여섯 차례나 공격했지만, 위나라의 사마의 때문에 번번이 실패했습니다. 결국 꿈을 이루지 못한 채 세상을 떠났지요.

▲ 강유의 상
촉나라의 마지막 인재인 강유는 제갈량이 죽은 뒤 그의 뒤를 이어 천하 통일을 이루려 했다.

제갈량의 제자 강유는 제갈량의 뜻을 이어 천하 통일을 위해 중원을 아홉 차례 공격하지만, 끝내 실패하고 말았습니다. 중원은 원래 황하 강의 남부 지역을 이르는 말로, 이곳을 차지한 위나라를 가리킵니다.

제갈량과 강유의 이야기에서 비롯된 '육출기산, 구벌중원'은 오늘날 목표를 향해 끊임없이 노력하는 의지를 일컫습니다.

주요 전투

오장원에서 쓰러진 제갈량

제갈량은 유비가 죽은 후 채 이루지 못한 유비의 꿈을 완성하려 애썼습니다. 그것은 바로 한나라 왕실을 다시 일으켜 세우는 것이었지요. 이를 위해 제갈량은 자신의 건강도 돌보지 않고 모든 힘을 위나라 정벌에 쏟아부었습니다.

▲ 오장원 제갈량묘

234년, 그는 여섯 번째로 정벌에 나서 기산 근처에 진을 쳤습니다. 위나라 대장군 사마의는 근처에 진영을 세우고, 촉의 식량이 떨어질 때까지 기다리는 작전을 펼쳤습니다. 그러나 제갈량이 병사들에게 밭을 일궈 식량을 얻게 해서 싸움은 길어졌습니다.

그러자 제갈량이 꾀를 냈습니다. 기산 근처에 호로병처럼 생긴 호로곡이란 곳이 있었는데, 그는 이곳에 장작과 풀로 오막살이를 짓고 그 안에 촉군의 식량을 모아 둔다는 거짓말을 흘렸습니다. 사마의는 이 말에 속아서 호로곡을 공격해 촉군의 식량을 없애 버리려 했지만, 오히려 불바다가 된 호로곡 안에 갇히고 말았습니다. 그때 갑자기 쏟아진 소나기로 위나라군은 목숨을 구했고, 호로곡에서 크게 혼이 난 사마의는 진지에 틀어박혀 싸울 생각을 하지 않았습니다.

그 뒤 오장원으로 진지를 옮긴 제갈량은 어떻게 해서든 위군을 싸움터로 꾀어내려 했으나, 사마의는 끝내 움직이지 않았습니다. 그러는 사이 제갈량의 건강은 날로 나빠져, 결국 위나라 정벌의 꿈을 이루지 못하고 오장원에서 세상을 떠났습니다.

5권 인물 관계도

유비
─ 아버지

유선
├ **장수** 강유, 위연, 마대, 관흥, 장포, 요화, 왕평,
│ 이엄, 마충, 진식, 하후패, 고상, 구안,
│ 이흠, 장억, 부첨, 장서
└ **참모** 제갈량, 초주, 비위, 양의

조비 ─ 할아버지 ─ 조조
│ 아버지

조예
├ **장수** 조진, 장합, 학소, 왕쌍, 손예, 하후위, 하후혜,
│ 하후화, 조상, 진태, 장특, 왕경, 사마망, 왕관
└ **참모** 사마의, 사마사, 사마소, 종회, 등애, 곽회
│ 아들
조방

손책 ─ 아버지 ─ 손견
│ 형

손권
├ **장수** 육손, 서성, 정봉, 반장, 한당, 주태
└ **참모** 제갈각, 고옹, 장제
│ 아들
손양, 손휴

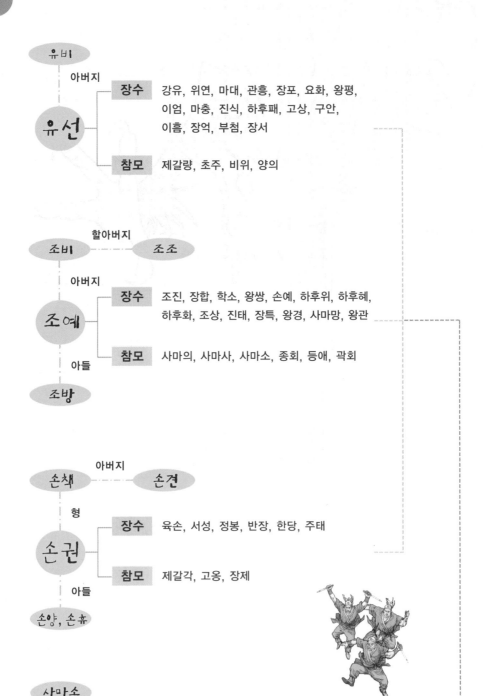

사마소
│ 아버지

사마염 ─ **장수** 두예, 왕준

사마염, 위나라를 진나라로 바꾸고
촉, 오를 정복하여 천하를 통일하다.

위나라의 남안성을 빼앗기
위해 배수진을 친 강유

위나라의 진창성에
들이닥치는 제갈량의 군사

남안 　가정 　안정

진창 　미성

기산 　천수

오장원 　장안

한중

사마의가 기산에서 제갈량과
여러 차례 맞서다.

가맹관

제갈량이 오장원에서
병으로 세상을 떠나다.

성도

제갈량이 두 번째 출사표를
올리고 위나라를 치러 나가다.

마염, 낙양에서 진나라 황제에
르며 위, 촉, 오를 통일하다.

황하

◉ 낙양

위나라 등애와 촉나라 강유의
대결이 시작되다.

진나라가 장강을 따라
오나라로 쳐들어가다.

수춘 ◉

◉ 남서

◉ 건업

제5권의 무대

위

촉

오

장강

원작 | **나관중**
중국 14세기 원나라 말에서 명나라 초에 활동했던 소설가입니다. 1364년에 살았다는 기록은 있지만 구체적으로 어떻게 살았는지는 거의 전해져 오지 않습니다. 《삼국지》 등의 소설을 썼고, 여러 희곡을 쓰기도 했습니다.

글쓴이 | **김민수**
전라북도 순창에서 태어나 중앙대학교 문예창작학과를 졸업하고, 같은 학교 대학원에서 문학박사 학위를 받았습니다. 그동안 문학 평론과 《장준하》 등 어린이를 위한 책을 써 왔습니다. 현재 중앙대학교에서 겸임교수로 문학을 강의하고 있습니다.

그린이 | **이현세**
1982년 《공포의 외인구단》으로 '이현세 붐'을 일으킨 우리나라 만화계의 거장입니다. 《지옥의 링》《남벌》《아마게돈》《천국의 신화》 등 많은 대작을 그렸습니다. 최근에는 《만화 한국사 바로 보기》《만화 세계사 넓게 보기》 등으로 어린이 학습 만화의 새 지평을 열었습니다. 현재 세종대학교 영상만화학과 교수로 학생들을 가르치고 있습니다.

처음으로 만나는 삼국지 5
천하 통일

1판 1쇄 발행일 2009년 7월 20일
1판 23쇄 발행일 2024년 4월 25일
글쓴이 | 김민수
그린이 | 이현세
펴낸이 | 강경태
펴낸곳 | 녹색지팡이&프레스(주)
등록번호 | 제16-3459호
제조국 | 대한민국
대상연령 | 8세 이상
주 소 | 서울시 강남구 테헤란로86길 14 윤천빌딩 6층 (우)06179
전 화 | (02)3450-4151 팩 스 | (02)3450-4010
Illustration copyright ⓒ 이현세, 2009
이 책의 출판권은 저작권자와 독점 계약한 녹색지팡이&프레스(주)에 있습니다.
저작권법에 의해 한국 내에서 보호를 받는 저작물이므로 무단 전재와 무단 복제를 금합니다.

ISBN 978-89-94780-08-5 64820
ISBN 978-89-94780-09-2 64820(세트)